Die drei !!!

Maja von Vogel

Die drei !!!

Herzklopfen!

KOSMOS bei CARLSEN

Außerdem in der Reihe *Die drei !!!* im Carlsen Verlag lieferbar:
Die drei !!! – Die Maske der Königin
Die drei !!! – Filmstar in Gefahr
Die drei !!! – Gefahr im Reitstall
Die drei !!! – Geheimnis der alten Villa
Die drei !!! – Im Bann des Tarots
Die drei !!! – Jagd im Untergrund
Die drei !!! – Krimi-Dinner
Die drei !!! – Kuss-Alarm
Die drei !!! – Skandal auf dem Laufsteg
Die drei !!! – VIP-Alarm
Die drei !!! – (4 Bände im Schuber) Spuk am See, Vampire in der Nacht, Tanz der Herzen, Beutejagd am Geistersee

Veröffentlicht im Carlsen Verlag
Juni 2021
Mit freundlicher Genehmigung des Franckh-Kosmos Verlages

www.kosmos.de
Umschlagbild: Anike Hage
Umschlaggestaltung: formlabor
Corporate Design Taschenbuch: bell étage
ISBN 978-3-551-31978-4

Die drei !!!

Herzklopfen!

Ein Star zum Anfassen

»Sommerferien sind doch was Feines«, seufzte Franzi.
»Das kannst du laut sagen.« Kim, die neben ihrer Freundin durch die Fußgängerzone schlenderte, leckte genüsslich an einem großen Vanilleeis.
»Und das Beste ist: Wir haben noch fast die ganzen sechs Wochen vor uns!« Marie setzte ihre überdimensionale Sonnenbrille auf und fuhr sich durch ihre langen, blonden Haare.
Es war der zweite Ferientag und in der Innenstadt war jede Menge los. Vor den Eiscafés waren alle Tische besetzt, kichernde Teenager schlenderten an den Schaufenstern vorbei und im Brunnen auf dem Marktplatz planschten laut kreischend kleine Kinder.
»Ob ich meine Füße kurz ins Wasser halte?«, überlegte Franzi. Die digitale Temperaturanzeige an der Rathaus-Apotheke zeigte sommerliche achtundzwanzig Grad im Schatten und Franzi sehnte sich nach einer kleinen Abkühlung.
Aber Kim zog sie unbarmherzig weiter. »Wir haben keine Zeit. In fünf Minuten geht es los.«
Die drei !!! hatten etwas ganz Besonderes vor. Sie waren auf dem Weg zu dem neuen *Music Store*, der heute in der Innenstadt aufmachte. Zur Eröffnung fand eine Autogrammstunde mit der bekannten Boygroup *Boyzzzz* statt, der Lieblingsband der drei !!!. Das wollten sich Kim, Franzi und Marie natürlich nicht entgehen lassen. Sie kannten die Band und waren mit dem Sänger, Nick Voss, sogar befreundet. Sie hat-

ten ihn und die anderen Bandmitglieder bei ihrem zwölften Fall kennengelernt. Nick war damals von einem Unbekannten bedroht worden und die drei !!! hatten als Backgroundsängerinnen undercover ermittelt. Sie hatten es tatsächlich geschafft, den Täter zu überführen, bevor er Nick etwas antun konnte. Allerdings war es denkbar knapp gewesen …

»Ob Nick immer noch so gut aussieht?«, überlegte Marie.

»Ich hab letztens ein Foto von ihm in der *Sweet* gesehen«, berichtete Franzi. »Er trägt die Haare jetzt etwas länger. Und sie sind nicht mehr blond, sondern hellbraun. Steht ihm aber echt gut.«

Kim grinste. »Sag bloß, du schwärmst immer noch für Nick! Ich dachte, dein Favorit heißt jetzt Bastian.«

Franzi wurde rot. Bastian war ein ausgesprochen süßer Nachwuchsfußballer, mit dem sie bei ihren letzten Ermittlungen zu tun gehabt hatten. Er hatte ihr Herz im Sturm erobert, was Franzi aber nur ungern zugab. »Ach, das war doch bloß eine vorübergehende Schwärmerei«, versuchte sie die Sache herunterzuspielen. »Aus Bastian und mir wird sowieso nie was.«

»Warum denn nicht?«, wollte Marie wissen. »Er ist doch echt nett.«

»Ja, schon«, gab Franzi zu. »Wir simsen uns auch ab und zu. Aber jetzt ist er mit seiner Mannschaft erst mal ins Trainingscamp nach Mallorca geflogen. Und danach muss er sich auf die U17-Weltmeisterschaft vorbereiten. Mal ganz abgesehen davon, dass er eine feste Freundin hat.«

»Das sind wirklich keine guten Voraussetzungen für eine Beziehung«, stellte Kim fest. Sie legte Franzi tröstend den Arm um die Schultern, während sie sich den letzten Rest ihrer Eiswaffel in den Mund steckte.

»Keine Sorge, der nächste süße Junge kommt bestimmt.« Marie lächelte. »Mach's doch so wie ich: Ich werde den Sommer rundherum genießen und flirten, was das Zeug hält. Es ist einfach super, Single zu sein!« Marie klang fast etwas zu begeistert.

»Heißt das, du hast Adrian endgültig abgehakt?«, erkundigte sich Franzi. Marie schwärmte schon lange für Adrian, einen jungen Schauspielschüler, der in ihrem Haus wohnte und mit dem sie gut befreundet war. Leider waren all ihre Versuche, mehr aus der Freundschaft zu machen, bisher gescheitert, weshalb Marie immer wieder beschloss, sich zu entlieben.

»Adrian macht gerade drei Wochen Urlaub mit seinen Schauspielfreunden«, erzählte Marie betont beiläufig. »Sie sind nach Griechenland geflogen. Wahrscheinlich wird er sich dort köstlich amüsieren. Und ich werde hier dasselbe tun. Ich habe nicht die geringste Lust, brav auf ihn zu warten und währenddessen Trübsal zu blasen.«

»Das würde auch nicht zu dir passen.« Kim lächelte. Dann zeigte sie auf ein modernes Gebäude mit verspiegelter Glasfassade. »Dort drüben muss es ein.« Über den automatischen Türen stand in großen knallroten Buchstaben: *Music Store – die Nummer 1 in Sachen Musik.* Die Schaufenster waren mit überlebensgroßen Postern von Nick, David, Bobby und Joe, den vier Jungs von *Boyzzzz*, geschmückt und vor dem Eingang hatte sich bereits eine lange Schlange gebildet. Hauptsächlich Mädchen zwischen zehn und achtzehn drängten

sich vor dem Laden, die meisten hatten CDs oder Autogrammhefte dabei.
Marie zog eine Grimasse. »So ein Mist! Wir hätten früher kommen sollen. Jetzt müssen wir Ewigkeiten anstehen, bevor wir ein Wort mit Nick wechseln können.«
»Wer war denn mal wieder eine halbe Stunde zu spät?«, fragte Franzi verärgert. Dass Marie ihre Freundinnen ständig warten ließ, brachte sie immer noch auf die Palme. »Wenn du ausnahmsweise einmal pünktlich gewesen wärst, hätten wir viel weiter vorne in der Schlange stehen können.«
»Jetzt lässt sich sowieso nichts mehr daran ändern«, sagte Kim beschwichtigend. »Wir müssen eben warten, bis wir an der Reihe sind. Zum Glück sind ja Ferien und wir haben jede Menge Zeit. Ich bin allerdings um sieben mit Michi vor dem *Capitol* verabredet. Wir wollen uns den neuen Thriller mit Matt Damon ansehen.«
Kim liebte Krimis über alles – genauso wie ihren Freund Michi, mit dem sie schon seit längerer Zeit glücklich war. Leider sahen sie sich nicht so oft, wie Kim es sich gewünscht hätte. Michi war mit seinen diversen Nebenjobs beschäftigt, und Kim hatte mehr als genug mit der Schule und dem Detektivclub zu tun. Darum genoss sie ihre seltenen Treffen zu zweit umso mehr.
»Ich hasse es, irgendwo anzustehen!« Leicht grummelnd postierte sich Marie neben ihren Freundinnen in die Schlange. Vor ihnen schwärmten gerade zwei Mädchen von Nick.
»Er ist ja so was von süß!«, seufzte die eine.
Ihre Freundin nickte. »Zum Anbeißen! Hoffentlich falle ich nicht in Ohnmacht, wenn ich gleich vor ihm stehe …«

Die drei !!! grinsten sich zu. Der Boygroup-Sänger war ausgesprochen beliebt und sorgte auf den Konzerten der Band regelmäßig für grenzenlose Begeisterung unter seinen weiblichen Fans.
In diesem Moment tat sich vorne im Laden etwas. Die Glastüren öffneten sich und ein Mann kam heraus. Er trug trotz der Hitze einen Anzug mit Krawatte und stellte sich als Manager von *Music Store* vor. Die Gespräche der Wartenden verstummten.
»Endlich ist es so weit!«, verkündete er. »Wir haben es geschafft, die momentan erfolgreichste Band des Landes in unseren Laden zu holen, um die Eröffnung der neuen Filiale gebührend zu feiern. Ich präsentiere live und in Farbe: *Boyzzzz*!«
Aus über den Türen angebrachten Lautsprechern dröhnten die ersten Takte der neuen *Boyzzzz*-Single. Die Musik wurde jedoch fast vom Jubel der Fans übertönt. Denn jetzt erschienen vier Jungs im Eingangsbereich und winkten der Menge lässig zu. Die Fans begrüßten ihre Idole mit infernalischem Kreischen.
Franzi hielt sich die Ohren zu und murmelte: »Was für ein Wahnsinn!« Sie fand die Band zwar auch super, aber dass manche Mädchen beim Anblick der Jungs komplett durchdrehten, konnte sie nicht verstehen.
Die Menge war drauf und dran, sich auf Nick und die anderen zu stürzen. Es wurde gedrängelt und geschubst. Franzi bekam einen spitzen Ellbogen in die Seite und irgendjemand trat ihr auf den Fuß.
Da tauchten wie aus dem Nichts zwei bullige Bodyguards auf und drängten die Fans zurück.

»Keine Sorge!«, rief der Manager, der sich hinter den Bodyguards in Sicherheit gebracht hatte. »Ihr bekommt alle ein Autogramm. Immer schön der Reihe nach, okay?« Die Fans gehorchten widerwillig.

»Na, das kann ja heiter werden.« Marie rückte ihre Sonnenbrille gerade, die ihr im Gedrängel von der Nase gerutscht war. In diesem Moment sah Nick zu ihnen hinüber. Marie hob den Arm und winkte wie eine Verrückte. Jetzt hatte Nick sie entdeckt. Und nicht nur das, er kam sogar auf sie zu! Einer der Bodyguards folgte ihm wie ein massiger, viel zu großer Schatten.

»Das ist er! Nick Voss! Ich glaub's einfach nicht!«, quiekte eins der Mädchen vor den drei !!!. Sie schien tatsächlich einer Ohnmacht nahe zu sein.

Auch Franzi merkte, wie ihr Herz schneller schlug. Nick war aber auch einfach supersüß! Die strubbeligen Haare sahen aus, als wären sie gerade von einem Windstoß zerzaust worden (obwohl nicht einmal ein leichtes Lüftchen in der sommerheißen Innenstadt wehte), und seine Augen waren so blau, dass man fast das Meer rauschen hörte. Aber es war sein Lächeln, das Franzi mal wieder beinahe umhaute.

»Hallo, ihr drei!« Er strahlte Franzi, Kim und Marie an. »Das ist ja eine tolle Überraschung.«

Marie schob sich die Sonnenbrille in die Haare. »Wir dachten, wir kommen mal vorbei und sagen kurz Hallo«, erklärte sie ganz cool.

»Eine Spitzenidee!« Nick schien sich aufrichtig über das Wiedersehen zu freuen.

»Aber du hast offensichtlich viel zu tun.« Kim zeigte auf

die wartenden Fans. »Vielleicht sollten wir lieber wieder gehen …«
Nick schüttelte heftig den Kopf. »Auf keinen Fall! Ihr könnt uns bei der Autogrammstunde assistieren. Und hinterher müssen wir unbedingt mal wieder in aller Ruhe quatschen. Habt ihr Lust?« Die drei !!! nickten eifrig. Nick lächelte. »Dann kommt mit.«
Der Bodyguard bahnte ihnen einen Weg durch die Menge. Nick und die drei !!! folgten ihm in den Laden. Franzi spürte die Blicke der Fans, die sich neugierig in ihren Rücken bohrten. Ihr war klar, dass jedes Mädchen hier liebend gerne an ihrer Stelle gewesen wäre – und das war ein richtig gutes Gefühl.
Die anderen Bandmitglieder saßen bereits hinter einem langen Tisch, auf dem haufenweise CDs und Autogrammkarten lagen. Die drei !!! sagten David, Bobby und Joe schnell Hallo, dann stürmten auch schon die ersten Fans in den Laden.
Die Autogrammstunde dauerte fast zwei Stunden. Der Besucherstrom riss einfach nicht ab. Nick und seine Kollegen lächelten unermüdlich, unterschrieben auf unzähligen CDs, T-Shirts und sogar auf den nackten Unterarmen einiger Mädchen. Die drei !!! reichten ihnen die Autogrammkarten und genossen die neidischen Blicke der anderen.
Schließlich hatten auch die letzten Fans den Laden verlassen. »Puh, ich schreibe heute keinen einzigen Buchstaben mehr!« Nick schüttelte seine rechte Hand aus.
Bobby, der Bassist, grinste. »Stell dich nicht so an. Immerhin haben wir jede Menge CDs verkauft.«

Während sich die anderen Bandmitglieder mit dem Manager unterhielten und eine junge Verkäuferin Getränke herumreichte, konnten die drei !!! endlich ein bisschen mit Nick quatschen.

»Was macht euer Detektivclub?«, erkundigte er sich. »Habt ihr in der Zwischenzeit neue Fälle gelöst?«

Franzi nickte. »Und ob! Wir haben unter anderem in einem geheimnisvollen versunkenen Dorf, bei einer Model-Casting-Show und sogar in einem Nobelhotel an der Côte d'Azur ermittelt.«

Nick pfiff beeindruckt durch die Zähne. »Ihr wart offenbar ziemlich beschäftigt. Freut mich, dass es so gut läuft. Mir wart ihr ja auch eine große Hilfe. Diese fiesen Drohbriefe, die damals ständig in meinem Briefkasten lagen, haben mich echt fertiggemacht …«

»Und wie geht's dir jetzt so?«, fragte Kim. »Bist du sehr im Stress?«

Nick fuhr sich durch seine strubbeligen Haare. »Das letzte Jahr war in der Tat ziemlich anstrengend. Wir haben eine neue CD aufgenommen und sind direkt danach auf Promotion-Tour gegangen. Im Herbst und Winter ist eine große Tournee quer durch Europa geplant. Aber vorher gönne ich mir noch eine kleine Auszeit.«

»Machst du Urlaub?«, fragte Franzi.

»So was Ähnliches.« Nick grinste. »Ich hab diesen Sommer einen ganz besonderen Job angenommen: als Lehrer im *Rock Camp*. Vielleicht habt ihr ja schon mal davon gehört …«

»Und ob!«, quiekte Marie. »Das *Rock Camp* ist schließlich total berühmt!«

»Ach ja?« Kim runzelte die Stirn. »Mir sagt der Name überhaupt nichts.« Als Kopf der drei !!! interessierte sie sich mehr für Computer, Internetrecherchen und das Detektivtagebuch, das sie bei jedem Fall aufs Neue akribisch führte, als für News aus dem Showbiz.

Auf diesem Gebiet war Marie die Expertin. Sie wollte später einmal Sängerin oder Schauspielerin werden und arbeitete jetzt schon auf ihr Ziel hin, indem sie Schauspiel- und Gesangsunterricht nahm. »Das *Rock Camp* findet jeden Sommer statt«, erklärte sie ihren Freundinnen. »Viele Nachwuchsstars aus den Charts haben dort die Grundlagen des Musikgeschäfts gelernt. Es gibt Gesangs-, Dance- und Band-Workshops. Das Camp ist das ideale Sprungbrett, wenn man in der Musikszene Karriere machen will.«

»Stimmt«, sagte Nick. »Und ich fühle mich sehr geehrt, einen der Workshops leiten zu dürfen. Wird bestimmt spannend! Außerdem gibt es dieses Jahr ein ganz besonderes Highlight: Dem Gewinner des Abschlusskonzerts am Ende des Aufenthalts winkt ein echter Traumpreis: ein Auftritt beim *Summer-Rock-Festival* in Berlin!«

»Ehrlich?« Maries Gesicht nahm einen ehrfürchtigen Ausdruck an. »Da treten doch nur die großen Stars auf.«

Nick griff in seine Tasche und zog ein paar Broschüren heraus. »Hier stehen alle wichtigen Infos zum *Rock Camp* drin. Warum meldet ihr euch nicht an? Soviel ich weiß, sind noch einige wenige Plätze frei.«

»Das ist eine super Idee!« Marie bekam vor Aufregung rote Wangen. Sie wandte sich an Kim und Franzi. »Was meint ihr? Wir haben doch in den Ferien sowieso noch nichts vor.«

Franzi blätterte die Broschüre durch. »Es gibt auch einen Hip-Hop-Dance-Workshop«, stellte sie fest. »Klingt spannend.«

Franzi liebte Sport über alles. Am liebsten ging sie reiten, schwimmen oder skaten. Seit sie vor einiger Zeit bei einem Skater-Fest an einer Hip-Hop-Vorführung teilgenommen hatte, interessierte sie sich auch fürs Tanzen.

Kim verzog das Gesicht. »Ich glaube nicht, dass ich talentiert genug für das Camp bin.«

»Das sehe ich anders«, sagte Nick ruhig. »Ich fand dich damals als Backgroundsängerin ziemlich gut. Das Camp wäre die ideale Gelegenheit für dich, mehr aus deinem Talent herauszuholen.«

Kim wurde rot. »Meinst du wirklich? Ich weiß nicht …«

»Überleg's dir doch wenigstens mal«, bat Marie. »Es wäre so toll, wenn wir alle zusammen ins Camp fahren würden!«

»Hast du gesehen, was das kostet?« Kim deutete auf eine Zahl ganz unten in der Broschüre. »So viel Geld rückt meine Mutter nie im Leben raus.«

Auch Franzi runzelte die Stirn. »Mist! Das ist echt teuer. Keine Ahnung, ob meine Eltern da mitmachen. Aber ich werde gleich heute Abend mit ihnen reden.«

»Und ich spreche mit meinem Vater«, beschloss Marie. »Er hat bestimmt nichts dagegen.« Herr Grevenbroich ließ seiner Tochter viele Freiheiten und las ihr fast jeden Wunsch von den Augen ab. Er war ein viel beschäftigter Schauspieler und verdiente mit seiner Paraderolle als Hauptkommissar Brockmeier in der Krimiserie *Vorstadtwache* eine Menge Geld.

Einer der Bodyguards flüsterte Nick etwas ins Ohr.
Nick seufzte. »Tut mir leid, aber wir müssen los. Wir haben gleich noch einen Interviewtermin im *Hotel Olympia*.« Er schüttelte den drei !!! zum Abschied die Hand. »War echt nett, mal wieder mit euch zu plaudern. Und wer weiß? Vielleicht sehen wir uns ja demnächst im *Rock Camp*!« Er winkte den Mädchen noch einmal zu, dann verschwand er mit den anderen Bandmitgliedern durch den Hinterausgang.

Rock Camp, wir kommen!

Detektivtagebuch von Kim Jülich
Sonntag, 17:31 Uhr
Es herrscht Sommerflaute – weit und breit kein neuer Fall in Sicht! Aber es gibt andere Neuigkeiten: Wir haben vorgestern Nick Voss während einer Autogrammstunde getroffen und er hat uns ins berühmte Rock Camp eingeladen!
Marie und Franzi waren sofort Feuer und Flamme, ich hatte erst keine große Lust. Mit Musik hab ich nun mal nicht so viel am Hut und mein Gesangstalent ist ziemlich bescheiden. (Auch wenn Nick etwas anderes sagt, aber wahrscheinlich wollte er nur nett sein.)
Doch dann ist etwas passiert, das die Sache in ein völlig neues Licht gerückt hat. Als ich mit Michi im Kino war, hat er mir erzählt, dass er einen super Sommerjob an Land gezogen hat. Und jetzt ratet mal, wo. Genau – im Rock Camp*! Ist das nicht ein verrückter Zufall? Er wird dort als Küchenhilfe arbeiten. Die Stellenausschreibung hat er im Internet entdeckt und sich sofort beworben. Weil er durch seine Jobs in der Hafenkneipe und in der Eisdiele schon einige Erfahrungen im Gastronomiebereich hat, wurde er gleich genommen. Die Bezahlung ist nicht schlecht, außerdem liegt das Camp sehr hübsch in einer leicht bergigen Landschaft mit einem Badesee in der Nähe. Michi schwärmt schon von den ausgedehnten Radtouren, die er in seiner Freizeit unternehmen will.*
Das hat für mich den Ausschlag gegeben: Ich will nicht allein zurückbleiben. Wenn alle die Ferien im Camp verbringen,

fahre ich auch mit. Und was das Beste ist: Meine Eltern sind einverstanden!!! Ich kann es immer noch nicht fassen. Sie schenken mir die Reise, weil mein Zeugnis dieses Jahr so gut war. Mama war erst etwas skeptisch, aber Papa hat sie schließlich überzeugt. Danke, Papa!!!
Franzis Eltern haben auch Ja gesagt. Sie wollen in den Ferien eine romantische Kreuzfahrt zur Feier ihres Hochzeitstages unternehmen – natürlich zu zweit. Darum waren sie ganz froh, dass Franzi etwas anderes vorhat. Und Herr Grevenbroich hat natürlich sowieso keine Probleme gemacht. Nur noch eine Woche, dann kann's losgehen! Ich bin schon total aufgeregt …

Geheimes Tagebuch von Kim Jülich
Sonntag, 18:01 Uhr
Achtung: Lesen für Unbefugte (alle außer Kim Jülich) streng verboten! Das gilt auch für Eltern, nervige Zwillingsbrüder und Boygroup-Stars. Auf diese Zeilen darf absolut NIEMAND außer mir einen Blick werfen!
Ich bin total happy. Michi und ich werden den Sommer zusammen im Rock Camp *verbringen! Bestimmt haben wir dort mehr Zeit füreinander als zu Hause. Wir werden jeden Abend romantische Bootstouren unternehmen, Händchen haltend im Wald spazieren gehen und uns unterm Sternenhimmel küssen. Seufz! Das wird wunderschön …*
… wenn nur dieser dumme Workshop nicht wäre! Ich hab mich für den Gesangsworkshop bei Nick angemeldet. Was, wenn ich nicht gut genug bin und mich alle auslachen? Ich darf gar nicht daran denken! Da träume ich lieber von Michis Küssen …

Eine Woche später war es so weit. Die drei !!! saßen im Bus, der sie zusammen mit den anderen Nachwuchstalenten zum *Rock Camp* bringen sollte. Franzi war aufgeregt. Was würde sie im Camp erwarten? Und wie würde der Hip-Hop-Workshop ablaufen, für den sie sich angemeldet hatte? Sie sah sich neugierig um. Die anderen Teilnehmer hingen ihren Gedanken nach, hörten über Kopfhörer Musik oder waren dabei, erste Bekanntschaften zu schließen.
Zwei Reihen weiter hinten hatten sich ein paar Leute um ein Mädchen mit schwarzen Locken und großen goldenen Ohrringen geschart, das offenbar nicht zum ersten Mal ins Camp fuhr und lautstark mit seinem Insider-Wissen angab.
»Der Campleiter, Bob Marten, ist ein supercooler Typ«, erzählte sie. »Er war früher selbst ein bekannter Musiker und Songwriter und hat schon mit vielen berühmten Bands auf der Bühne gestanden.«
»Ehrlich?«, fragte ein anderes Mädchen bewundernd. »Weißt du auch, wer dieses Jahr die Workshops leiten wird, Cherry?«
Cherry fuhr sich durch ihre schwarzen Locken. Ihre Lippen waren knallig pink geschminkt und auch sonst war sie ziemlich auffällig gestylt.
Marie stieß Franzi an und raunte: »Diese Cherry hält sich offenbar jetzt schon für die Camp-Queen.« Franzi nickte grinsend.
»Natürlich weiß ich, wer die Workshops leitet«, antwortete Cherry. »Dieses Jahr hat Bob zwei echte Stars angeheuert: Nick Voss und Sabrina!«
Ehrfürchtiges Raunen ging durch den Bus.
»Ganz sicher?«, quiekte das andere Mädchen. Es schien sich

ziemlich leicht beeindrucken zu lassen und himmelte Cherry jetzt schon ganz offen an. »Sabrina, die Pop-Diva, die dieses Jahr einen Nummer-eins-Hit nach dem anderen hatte? Und Nick Voss von *Boyzzzz*? Das ist ja der reine Wahnsinn!«
»Allerdings.« Cherry nickte zufrieden, als hätte sie selbst die Workshop-Leiter engagiert.
Franzi verdrehte die Augen. »Was für eine Angeberin!«, bemerkte sie leise. »Diese Cherry scheint eine richtig dumme Tussi zu sein.«
Marie nickte. »Sehe ich genauso. Hoffentlich kann sie wenigstens singen.«
Franzi sah zu Cherry hinüber, die gerade einen pinkfarbenen MP3-Player aus ihrer Tasche zog. Es war das neueste Modell. »So einen hätte ich auch gerne«, seufzte Franzi. »Die sehen echt chic aus. Natürlich würde ich ihn nicht gerade in Pink nehmen …«
Cherry blickte auf. »Tja, so was hat leider seinen Preis«, bemerkte sie spöttisch. »Das kann sich nicht jeder leisten – tut mir echt leid für dich.«
Ehe Franzi etwas erwidern konnte, hatte sie sich schon die Stöpsel in die Ohren gesteckt, auf Play gedrückt und die Lautstärke voll aufgedreht. Ein Popsong drang etwas blechern aus dem Kopfhörer. Die neuste *Boyzzzz*-Single, wenn Franzi nicht alles täuschte.
Kopfschüttelnd drehte sie sich zu Kim und Marie. »Habt ihr das gehört?«, fragte sie empört. »Diese Cherry ist ganz schön unverschämt!«
»Allerdings«, stimmte Marie zu. »Sie hält sich offenbar für was Besseres.«

»Regt euch nicht auf.« Kim blieb wie immer ganz ruhig. »Geh Cherry im Camp einfach aus dem Weg, Franzi, dann kann sie dich auch nicht nerven. Möchte jemand was zum Naschen?« Kim zog eine Tüte Gummibärchen hervor. Für Notfälle hatte sie fast immer einen kleinen Süßigkeiten-Vorrat dabei. Auch diesmal beruhigten die Gummibärchen die Gemüter.

»Habt ihr schon coole Jungs gesichtet?«, nuschelte Marie eifrig kauend. »Hoffentlich sind ein paar süße Typen dabei.«

»Der da drüben sieht nicht schlecht aus, oder?« Franzi deutete unauffällig auf einen Jungen drei Reihen weiter vorne. Seine wasserstoffblonden Haare waren größtenteils unter einem grünen Basecap versteckt. Er war braun gebrannt und trug abgeschnittene Jeans und ein abgewetztes T-Shirts. Seine Nase steckte in einem zerfledderten Comicheft.

Marie verzog das Gesicht. »Ich weiß nicht … Ich stehe ja mehr auf dunkle Typen. Außerdem mag ich es nicht, wenn sich Jungs die Haare färben …«

In diesem Moment sah der Junge auf, direkt in die Gesichter der drei !!!. Franzi, Kim und Marie schauten schnell woandershin, aber es war zu spät. Dem Jungen waren ihre Blicke nicht entgangen. Doch das schien ihn nicht zu stören, im Gegenteil.

»Meine Haare sind nicht gefärbt«, stellte er fest. Er nahm das Basecap ab und präsentierte ihnen seinen dichten blonden Haarschopf. Die einzelnen Büschel standen wie kleine Bürsten vom Kopf ab. »Alles Natur pur.« Er stand auf und reichte Marie die Hand. »Ich heiße Matthias, aber ihr könnt Matt zu mir sagen. Und wer bist du?«

»Marie Grevenbroich«, antwortete Marie etwas überrumpelt. »Äh … tut mir leid, dass wir dich so angestarrt haben …«

»Macht nichts.« Matt setzte sein Basecap schwungvoll wieder auf. »Das bin ich gewohnt. Die meisten Mädels stehen auf mich.«

Die drei !!! wechselten einen schnellen Blick. Dieser Matt schien ziemlich von sich überzeugt zu sein.

»Bist du zum ersten Mal im Camp?«, fragte Franzi, als er keine Anstalten machte, wieder zu seinem Sitz zurückzukehren.

Matt nickte. »Ja. Die letzten Jahre hab ich keinen Platz mehr bekommen. Aber diesmal hat's endlich geklappt. Offenbar sind ein paar Leute kurzfristig abgesprungen. Das ist meine große Chance! Spätestens mit achtzehn will ich meine erste Million verdient haben. Und mit zwanzig bin ich dann so reich und berühmt wie Michael Jackson. Mindestens!«

»Aha.« Marie zog eine Augenbraue hoch. »Das sind ja ganz bescheidene Ziele. Na dann, viel Erfolg.« Sie wandte sich wieder ihren Freundinnen zu, aber Matt verstand den Wink nicht.

»Und ihr?«, erkundigte er sich. »Lasst mich raten, ihr wollt bestimmt Sängerinnen werden, oder? Tretet ihr als Trio auf? Oder plant ihr Solo-Karrieren?«

»Ich glaube, wir sind gleich da«, stellte Kim fest. Die anderen Campteilnehmer begannen bereits, ihre Sachen zusammenzupacken.

»Man sieht sich!«, verabschiedete sich Matt, bevor er zu seinem Platz zurückschlenderte und seine Comichefte einsammelte.

»Endlich ist er weg«, seufzte Kim. »Ich dachte schon, der geht gar nicht mehr. Was für ein Schwätzer!«

»Stimmt.« Marie sah Matt nachdenklich hinterher. »Aber irgendwie ist er trotzdem ganz süß. Er hat tolle Augen.«

Kim zog eine Grimasse, doch Franzi musste Marie insgeheim recht geben. Matts Augen waren wirklich eine Klasse für sich. Hellblau wie der Frühlingshimmel, mit kleinen goldenen Sprenkeln darin. Seine Machosprüche hätte er sich allerdings sparen können.

»Da ist das Camp!«, rief jemand und alle reckten die Hälse. Der Bus hielt auf einem Schotterparkplatz. Sie waren angekommen.

Begrüßungsessen mit Ekelfaktor

Aufgeregt kletterten die drei !!! aus dem Bus. Während sie darauf warteten, dass der Fahrer das Gepäck auslud, sah sich Franzi neugierig um. Sie schienen mitten im Nirgendwo gelandet zu sein. Der Parkplatz war rundherum von dichtem Wald umgeben. Franzi entdeckte einen schmalen Pfad, der vermutlich zum Camp führte. Sie atmete tief ein. Die Luft war klar und sauber. Sie schmeckte nach Tannennadeln, feuchtem Moos und einer sommerlichen Brise.

»Herrlich!«, seufzte Franzi. »Hier im Wald kann man bestimmt super joggen.«

»Und romantische Spaziergänge machen«, sagte Kim verträumt.

»Hoffentlich gibt's Handy-Empfang.« Marie, die ohne ihr Handy nicht leben konnte, checkte sofort die Empfangsqualität. »Mist, ein Funkloch«, stellte sie ärgerlich fest.

Inzwischen hatten alle ihre Koffer gefunden und Cherry übernahm ganz selbstverständlich die Führung. »Hier geht's lang!«, rief sie und bog als Erste in den Sandweg ein. Er führte durch einen wunderschönen Mischwald und endete nach ungefähr fünfzig Metern an einem niedrigen Holzzaun. Über das Eingangstor war ein Transparent gespannt, auf dem in großen Buchstaben »Herzlich willkommen im *Rock Camp*« stand.

Im Gänsemarsch liefen sie über das Gelände. In der leicht hügeligen Landschaft lagen kleine und größere Holzhütten verstreut, die offenbar als Unterkunft für die Teilnehmer und als Proberäume dienten. Das Herz des Camps bildete ein großes, flaches Steinhaus in der Mitte des Terrains, auf das Cherry nun zusteuerte. »Das ist die Kantine«, erklärte sie. »Das Begrüßungsessen ist immer besonders lecker.«

Die Teilnehmer stellten ihr Gepäck im Vorraum der Kantine ab und betraten den Speisesaal. Wände und Decken waren mit Holz verkleidet und auf den Tischen leuchteten rote Tischdecken aus grober Baumwolle. Es roch nach gebratenen Zwiebeln und Speck. Franzis Magen begann zu knurren. Vor lauter Reisefieber hatte sie den ganzen Tag kaum etwas gegessen.

»Nein, wie urig!«, rief das Mädchen, das Cherry im Bus so auffällig angehimmelt hatte. Franzi hatte inzwischen mitbekommen, dass sie Peggy hieß. »Genauso hab ich es mir hier vorgestellt.«

»Komm mit.« Cherry zog ihre neue Freundin zum vordersten Tisch. »Hier sind die besten Plätze.«

Nachdem sich alle hingesetzt hatten, betrat ein Mann mit federnden Schritten den Raum. Er war vielleicht Mitte vierzig, trug schwarze Jeans, ein schwarzes T-Shirt und auffällig verzierte Cowboy-Stiefel. Sein hellgraues Haar war raspelkurz geschnitten. Er baute sich vor den Tischen auf und bat mit einer ausladenden Armbewegung um Ruhe. Sofort wurde es still im Speisesaal.

»Guten Tag allerseits! Und herzlich willkommen im *Rock Camp*«, begrüßte er die Neuankömmlinge. »Mein Name ist Bob Marten, ich bin der Campleiter. Einige von euch kennen mich ja schon.« Er zwinkerte Cherry zu, die mit einem strahlenden Lächeln reagierte. »Wenn ihr Fragen oder Probleme habt, könnt ihr euch jederzeit an mich wenden. Nach dem Begrüßungsessen dürft ihr eure Hütten beziehen. Ein Belegungsplan hängt draußen im Vorraum. Jetzt möchte ich euch aber erst einmal unsere Workshop-Leiter vorstellen. Dieses Jahr ist es uns gelungen, drei echte Stars zu verpflichten. Die Gesangsworkshops werden von Sabrina und Nick Voss geleitet, beide sind euch sicherlich ein Begriff. Und den Dance-Workshop übernimmt Justin C, den ich euch ebenfalls nicht groß vorzustellen brauche. Bitte begrüßt die drei mit einem kräftigen Applaus!«

Das ließen sich die Campteilnehmer nicht zweimal sagen. Jubel brach los, als zwei Männer und eine Frau den Speisesaal betraten. Nick sah wie immer umwerfend aus und grinste freundlich in die Runde. Ein paar Mädchen bekamen bei seinem Anblick sichtlich Herzrasen. Auch Cherry verschlang ihn förmlich mit den Augen.

Neben Nick stand eine sehr junge, sehr schlanke Frau in einem äußerst knappen Minirock, der ihre langen Beine gut zur Geltung brachte. Ihre Füße steckten in Riemchensandalen mit schwindelerregend hohen Absätzen und ihre langen, blonden Haare waren zu einer kunstvollen Frisur aufgetürmt. Ihr stark geschminktes Gesicht glich einer Maske. Kein Zweifel, vor ihnen stand Sabrina, die erfolgreichste Pop-Sängerin des letzten Jahres. Sie nahm den Applaus mit einem professionellen Lächeln entgegen, aber ihre Augen blieben kühl.

Doch am meisten interessierte Franzi der dritte Workshop-Leiter, Justin C. Der bullige Amerikaner mit dem muskulösen Oberkörper und dem kahl geschorenen Schädel glich eher einem Boxer als dem bekanntesten Choreografen Deutschlands. Seit er in der Jury einer TV-Tanzshow gesessen hatte, waren seine spöttischen Kommentare in aller Munde. Sein Urteil war hart und für die Betroffenen nicht immer angenehm, aber auch absolut ehrlich und unbestechlich. Franzis Herz begann aufgeregt zu klopfen, als sie daran dachte, dass sie diesem Star morgen vortanzen würde. Bestimmt konnte sie eine Menge von ihm lernen.

»Außerdem möchte ich euch darauf hinweisen, dass in den nächsten Tagen ein Fernsehteam im Camp sein wird«, fuhr Bob Marten fort, als wieder Ruhe eingekehrt war. »Die Journalistin Ute Toben möchte einen Bericht über Nachwuchsmusiker machen. Lasst euch von den Dreharbeiten nicht stören und passt auf, dass Ute euch keine intimen Geheimnisse aus der Nase zieht. Das ist nämlich eine ganz besondere Begabung von ihr!«

Der Campleiter grinste einer jungen Frau zu, die sich auf der anderen Seite des Speisesaals erhoben hatte und eine Verbeugung andeutete. Ein paar Campteilnehmer klatschten verhalten. Ute Toben wirkte in ihrem schicken anthrazitfarbenen Kostüm etwas deplatziert in der rustikalen Umgebung. Mit ihrem akkurat geschnittenen Bob und der auffälligen schwarzen Brille sah sie eher aus wie eine erfolgreiche Geschäftsfrau. Rechts und links von ihr saßen ihre beiden Kollegen, die vermutlich für Kamera und Ton verantwortlich waren.

Bob Marten war fast am Ende seiner Begrüßungsrede angelangt. »Morgen früh um neun beginnen die Workshops. Ich wünsche euch viel Spaß. Gebt alles und noch ein bisschen mehr! Denn dieser Sommer im *Rock Camp* ist eine einmalige Chance für euch. Und denkt immer daran: Nur der oder die Beste gewinnt den Auftritt beim *Summer-Rock-Festival* in Berlin! Und jetzt allen einen guten Appetit!«

Allgemeines Stühlerücken setzte ein und der Sturm auf die Essensausgabe begann. Schnell bildete sich eine lange Schlange. Die drei !!! hatten sich ebenfalls angestellt, als eine bekannte Stimme hinter ihnen ertönte.

»Hallo, ihr drei. Toll, dass ihr auch hier seid!«

Als sie sich umdrehten, erblickten sie Nick, der sie mit einem strahlenden Lächeln begrüßte.

Marie lächelte zurück. »Wir freuen uns auch. Wird bestimmt super hier. Vielen Dank noch mal für den Tipp.«

»Dann sehen wir uns jetzt ja öfter«, stellte Nick fest. »Du bist in meinem Workshop, stimmt's, Kim? Ich hab deinen Namen auf der Teilnehmerliste gesehen.« Kim nickte und wurde etwas rot dabei.

»Prima, also bis morgen!« Nick wandte sich ab. Cherry, die etwas weiter vorne in der Schlange stand und der Unterhaltung mit wachsendem Erstaunen gefolgt war, schoss sofort auf ihn zu. Offenbar hatte sie nur auf eine Gelegenheit gewartet, den Star anzusprechen. Aber Nick hatte bereits ein Gespräch mit dem Campleiter begonnen und Cherry stand daneben wie bestellt und nicht abgeholt. Enttäuscht nahm sie ihren Platz neben Peggy in der Schlange wieder ein.

Franzi grinste. »Tja, es kann eben nicht jeder mit einem echten Popstar befreundet sein«, bemerkte sie, Cherrys spöttischen Tonfall aus dem Bus nachahmend. »Tut mir wirklich leid für Cherry!«

Ein paar Mädchen kicherten. Cherry tat so, als hätte sie nichts gehört, aber Franzi sah, wie sich ihre Kiefermuskulatur anspannte, als sie wütend mit den Zähnen knirschte. Zufrieden griff Franzi nach einem Teller und ließ sich eine große Portion Kartoffelbrei mit Zwiebeln geben. Dieser eingebildeten Ziege hatte sie es ordentlich gegeben!
Kim hatte von dem kleinen Geplänkel kaum etwas mitbekommen. Ihre Augen waren auf die Essensausgabe gerichtet und suchten nach Michi, dessen Dienst im Camp bereits einen Tag früher begonnen hatte. Als sie ihn mit einem riesigen Löffel hinter einem überdimensionalen Topf Erbsensuppe entdeckte, begann sie eifrig zu winken. Michi lächelte kurz, dann rührte er weiter in der Suppe. Erst als Kim an der Reihe war, konnte sie ein paar Worte mit ihm wechseln. Obwohl sie Erbsensuppe nicht besonders mochte, ließ sie sich eine Portion von Michi geben.
»Wie war die Fahrt?«, erkundigte sich Michi. »Seid ihr gut angekommen?«
Kim nickte. »Alles bestens. Und bei dir?«
»Auch.« Michi rückte die weiße Kochhaube gerade, die seine Haare bedeckte. »Der Job macht Spaß, ist aber echt stressig. Und leider ist die Stimmung in der Küche nicht besonders angenehm …« Ehe Michi ins Detail gehen konnte, rückten bereits die nächsten hungrigen Campteilnehmer nach und Kim wurde weitergeschoben.
»Sehen wir uns nachher noch?«, rief sie über die Schulter zurück. »Wie wär's mit einem kleinen Abendspaziergang nach dem Essen?«
Michi nickte, während er Erbsensuppe auf zwei Teller

klatschte. »Gerne! Ich warte um acht vor der Kantine auf dich.«
Lächelnd balancierte Kim das Tablett zu ihrem Tisch. Sie konnte es kaum erwarten, Michi endlich in die Arme zu schließen und zu hören, wie sein erster Arbeitstag verlaufen war.
An der Essensausgabe wurden Stimmen laut. Sabrina, die sich ziemlich dreist vorgedrängelt hatte, diskutierte gerade mit dem Küchenchef.
»Haben Sie denn meinen Diätplan nicht bekommen?«, fragte sie mit hoher, schriller Stimme. »Meine Managerin hat ihn bereits vor einer Woche gefaxt. Ich bin allergisch gegen verschiedene Lebensmittel. Außerdem muss ich auf meine Figur achten. Darum ernähre ich mich nach einem ganz bestimmten Plan, der unbedingt eingehalten werden muss.«
»Tut mir leid, davon weiß ich nichts«, erwiderte der Küchenchef nicht besonders freundlich. Offenbar war es ihm völlig egal, dass Sabrina ein berühmter Popstar war. »Am besten besprechen Sie das mit der Campleitung. Wie wär's so lange mit einem Teller Erbsensuppe?«
Sabrina verzog angewidert das Gesicht. »Wollen Sie mich umbringen? Da lege ich lieber einen Fastentag ein.« Ärgerlich rauschte sie davon.
Franzi grinste. »Diese Sabrina scheint eine ganz schöne Diva zu sein.« Sie schob sich einen Löffel Kartoffelbrei in den Mund.
»Das Verhalten passt zu ihr«, stellte Marie fest. »Ich hab letztens ein Interview mit ihr auf *Afternoon* gesehen, da kam sie ziemlich arrogant rüber. Es wundert mich, dass sie über-

haupt einen Workshop im *Rock Camp* übernommen hat. Ich hätte gewettet, dass es unter ihrer Würde ist, mit Nachwuchsmusikern zu arbeiten …«

Maries Überlegungen wurden von einem spitzen Schrei unterbrochen. Ein Mädchen, das sich gerade an der Salatbar bediente, starrte mit kreidebleichem Gesicht auf ihren Teller. Sie sah aus, als würde sie jeden Moment in Ohnmacht fallen.

Ihre Freundin fuchtelte aufgeregt mit den Armen. »Da ist eine Kakerlake im Salat!«, rief sie. »Sie ist riesengroß!«

»Auf meinem Teller ist auch eine«, kreischte Cherry, die bereits an ihren Tisch zurückgekehrt war und in ihrem Salat stocherte. »Fast hätte ich sie mitgegessen!«

»Igitt, das ist ja ekelhaft«, empörte sich Peggy.

»Das kann nicht sein!« Der Küchenchef lief vor Ärger knallrot an. »In meinem Essen gibt es keine Kakerlaken.« Er eilte hinter der Theke hervor, um die Salatbar zu inspizieren.

»Hier sind noch mehr.« Ein Junge zeigte auf den Boden unterhalb der Essensausgabe. »Ich glaube, sie kommen aus der Küche.«

Cherry musste würgen. Sie sprang auf, presste die Hand vor den Mund und rannte hinaus. Jetzt brach allgemeine Panik aus. Peggy und ein paar andere Mädchen ließen ihr Essen stehen und folgten Cherry. Matt sammelte eine Kakerlake vom Boden auf und setzte sie seiner ahnungslosen Tischnachbarin auf den Oberarm. Als sie das Tier entdeckte, begann sie hysterisch zu kreischen, was Matt ausgesprochen witzig zu finden schien.

Ute Toben und ihr Team waren sofort aufgesprungen. Einer

der Männer hatte sich eine Kamera geschnappt und filmte unter Anweisung der Journalistin alles mit.

Bob Marten versuchte vergeblich, Ruhe in das Chaos zu bringen. »Setzt euch wieder hin! Ihr werdet euch von diesem kleinen Zwischenfall doch nicht den Appetit verderben lassen, oder?«

Aber genau das schien bei den meisten Campteilnehmern der Fall zu sein. Nach und nach verließen sie die Kantine. Die meisten hatten ihr Essen nicht angerührt.

Auch Kim schob ihren Teller weg. »Ich hab keinen Hunger mehr. Kakerlaken im Salat sind echt widerlich.«

»Finde ich auch.« Marie rümpfte die Nase. »Ganz ehrlich, für das viele Geld, das wir hier bezahlen, könnten sie wenigstens die Küche sauber halten.«

Franzi war die Einzige, die seelenruhig weiteraß. »Ach was, ist doch halb so wild«, nuschelte sie mit vollem Mund. »Hier im Wald gibt es nun mal jede Menge Ungeziefer. Ich weiß echt nicht, warum sich die anderen so anstellen.«

»Nur eine Person scheint rundum zufrieden zu sein.« Marie nickte zu Ute Toben hinüber, die dem Küchenchef gerade ein Mikro unter die Nase hielt und ihn zu einem Kommentar aufforderte. »Gleich am Anreisetag hat sie ihre erste große Story. Wenn das kein glücklicher Zufall ist …«

Dancing Queen

Geheimes Tagebuch von Kim Jülich
Montag, 8:31 Uhr
Achtung: Lesen für Unbefugte (alle außer Kim Jülich) streng verboten! Wer sich nicht daran hält, dem schmuggle ich eine Kakerlake in den Salat. Igitt!!!
Gestern Abend sind Michi und ich nach dem Abendessen noch im Wald spazieren gegangen. Es war wunderschön! Wir haben den See entdeckt, der ganz in der Nähe des Camps liegt, und uns am Ufer im Mondschein geküsst. Es war genauso, wie ich es mir in meinen Träumen vorgestellt habe. Warum kann es nicht immer so sein?
Leider sind Michi und ich hier im Camp beide ziemlich eingespannt, Michi in der Küche und ich mit dem Workshop. Aber wir werden es schon schaffen, uns hin und wieder zu sehen. Heute Abend wollen wir eine Bootstour auf dem See unternehmen. Am Steg liegen ein paar Ruderboote, die man benutzen darf. Ich freue mich total darauf! Wenn es nur schon Abend wäre …

Detektivtagebuch von Kim Jülich
Montag, 8:45 Uhr
Eigentlich wollte ich hier im Camp kein Detektivtagebuch führen, aber nun ist doch etwas Seltsames passiert: Gestern sind ein paar Kakerlaken beim Abendessen aufgetaucht, was für allgemeine Panik gesorgt hat. Eigentlich kein Fall für die drei !!!. Wenn es nicht einige Ungereimtheiten gäbe …

Michi hat mir erzählt, dass sein Chef total auf Sauberkeit achtet. In der Küche ist alles blitzblank, von Ungeziefer keine Spur. Einer Küchenhilfe, die keine Haube getragen hat, hat er gestern sogar einen ordentlichen Rüffel verpasst. Doch wie sind die Kakerlaken dann ins Essen gelangt? Kamen sie von draußen? Oder wurden sie vielleicht absichtlich im Speisesaal ausgesetzt? Aber von wem und warum?
Ich finde die Sache ziemlich merkwürdig, zumal hier im Camp auch sonst von mangelnder Hygiene keine Rede sein kann. Die Wasch- und Duschräume blitzen vor Sauberkeit, auch die Hütten sind gut in Schuss. Marie, Franzi und ich teilen uns eine Dreier-Hütte direkt am Waldrand. Sie ist zwar ziemlich klein, aber supergemütlich. Hier werden wir uns bestimmt wohlfühlen!
Natürlich haben wir gestern noch über die mysteriöse Kakerlaken-Invasion gesprochen. Franzi vermutet, dass die Tiere aus dem Wald gekommen sind. Marie hat sowieso gleich abgewinkt. Ihrer Meinung nach gehören Kakerlaken nicht zum Zuständigkeitsbereich der drei !!!. Wir werden die Sache also vorerst nicht weiter verfolgen.
Mist, schon kurz vor neun! Ich muss los, mein Workshop fängt gleich an. Himmel, bin ich nervös … Alles Weitere später!

Um fünf Minuten vor neun betrat Franzi schwungvoll den Trainingsraum. Sie hatte ihre bequemsten Sportklamotten angezogen – eine abgeschnittene Trainingshose, ein schlabberiges Shirt und ihre Lieblings-Turnschuhe – und konnte es kaum erwarten, endlich loszulegen. Ob Justin C ihnen heute gleich ein paar neue Moves beibringen würde? Im

Fernsehen waren seine Choreografien immer ziemlich knifflig gewesen. Aber Franzi war zuversichtlich, dass sie schon irgendwie mitkommen würde. Sie war jedenfalls supermotiviert und würde alles geben.

Die anderen Workshop-Teilnehmer hatten sich bereits im Trainingsraum versammelt.

»Guten Morgen!«, rief Franzi fröhlich in die Runde.

Da entdeckte sie Cherry und Peggy, die lässig neben einem der großen Fenster lehnten. Beide trugen enge Gymnastikanzüge in schrillen Farben. Cherry hatte ihre dunklen Locken zu einem Zopf zusammengebunden und an ihren Ohren baumelten wieder die großen goldenen Ringe. Als sie Franzi sah, verzog sie das Gesicht und flüsterte Peggy etwas zu, woraufhin diese albern kicherte. Franzi verdrehte die Augen und stellte sich ans andere Ende des Raumes. So ein Mist! Warum musste Cherry ausgerechnet in ihrem Workshop sein? Franzi hatte keine Lust, sie jeden Tag zu sehen. Schlimmer hätte es wirklich nicht kommen können …

Eine schwere Hand landete auf Franzis Schulter und eine Stimme raunte in ihr Ohr: »Cooles Outfit! Hast du die Klamotten aus der Altkleidersammlung?«

Ärgerlich fuhr Franzi herum – und sah in Matts grinsendes Gesicht. »Es kann also doch noch schlimmer kommen«, murmelte sie. Cherry und Matt in ihrem Kurs, das war wirklich der absolute Super-GAU.

»Was hast du gesagt, Rotschopf?«, fragte Matt. »Ich hab dich nicht richtig verstanden.«

»Dann wasch dir gefälligst die Ohren, Blondie!«, schimpfte Franzi.

Matt grinste. Er schien kein bisschen beleidigt zu sein. »Warum denn gleich so wütend? Sag mal, verbrennt man sich eigentlich die Hände, wenn man deine Haare anfasst?«
Er versuchte, nach Franzis Zöpfen zu greifen, aber Franzi duckte sich blitzschnell. »Fass mich nicht an!«, zischte sie.
Ehe Matt etwas erwidern konnte, öffnete sich die Tür und Justin C betrat den Raum. Sofort verstummten alle Gespräche. Die Kursteilnehmer sahen den Star-Choreografen gespannt an.
»Guten Morgen allerseits!«, begrüßte Justin C seine Schüler. »Ich bin kein Freund großer Worte, darum legen wir am besten sofort los. Ich hab mir eine kleine Choreo überlegt, die ich heute mit euch einstudieren möchte. Nichts Kompliziertes, keine Sorge. Zum Warmwerden starten wir mit etwas Leichtem. Aber ich erwarte trotzdem vollen Einsatz, von jedem von euch!« Er sah die Kursteilnehmer eindringlich an. »Ich dulde weder Gequatsche noch Schlamperei, klar?« Die Schüler nickten. »Also gut, fangen wir an. Erst mal ohne Musik. Seht genau zu.«
Justin C stellte sich vor die Gruppe. Einen Moment stand er reglos da, jeden Muskel seines Körpers angespannt. Dann legte er los. Franzi verfolgte seine Bewegungen. Die Performance begann mit ein paar einfachen Seitwärtsschritten, doch dann wurden die Moves immer schneller. Er wirbelte durch den Raum, war mal am Boden, dann wieder in der Luft und beendete die Choreo mit einem gewagten Sprung.
Im ersten Moment herrschte absolute Stille im Raum, dann applaudierten die Schüler begeistert. Franzi entging jedoch nicht, dass einige besorgt die Köpfe schüttelten. Offenbar

befürchteten sie, nicht mitzukommen. Franzi fand die Choreo auch ziemlich anspruchsvoll. Wenn das etwas Leichtes zum Warmwerden sein sollte, wie sah dann erst das weitere Training aus? Aber sie war nicht der Typ, der sich schon im Voraus Sorgen machte. Außerdem platzte sie fast vor Energie und wollte sich endlich bewegen.

Justin C klatschte in die Hände. »Auf geht's! Jetzt schauen wir mal, was ihr so draufhabt!«

Zögernd stellten sich die Schüler auf. Franzi wählte einen Platz an der Seite des Raums, möglichst weit weg von Cherry und Peggy, die sich natürlich ganz vorne platziert hatten.

Als Justin C zu tanzen begann, reagierte die Klasse zunächst leicht verunsichert. Doch Franzi achtete nicht auf die anderen, sondern legte mit vollem Körpereinsatz los. Sie versuchte, die Bewegungen des Tanzlehrers möglichst genau zu kopieren. Wenn sie den Anschluss verlor, gab sie nicht auf, sondern setzte so schnell wie möglich wieder ein. Das Tanzen war anstrengend. Bald lief Franzi der Schweiß über die Stirn, aber das war ihr egal. Sie war so konzentriert, dass sie nichts um sich herum wahrnahm. Darum war sie völlig überrascht, als Justin C das Training plötzlich unterbrach.

»Kein Gequatsche in meinem Kurs!«, herrschte er die Gruppe an. »Das hab ich doch bereits klargestellt, oder?« Er sah zu Cherry und Peggy hinüber. »Ihr könnt eure kleine Unterhaltung gerne draußen fortsetzen, wenn ihr wollt.«

Cherry lief knallrot an. »Ich hab nur zu Peggy gesagt, dass die Choreografie ganz schön schwer ist. Wie soll man denn bei dem Tempo mitkommen?«

Justin C ließ sich nicht aus der Ruhe bringen. »Indem du

dein Bestes gibst. Es macht nichts, wenn du rauskommst. Hauptsache, du gibst nicht auf.« Er nickte zu Franzi hinüber. »Nimm dir ein Beispiel an ihr. Sie ist voll dabei und lässt sich nicht entmutigen. Wie heißt du?«
Franzi räusperte sich. »Ich bin Franzi.«
»Weiter so!«, lobte der Lehrer.
Franzi wurde rot vor Stolz. Aus den Augenwinkeln bemerkte sie den wütenden Blick, den Cherry ihr zuwarf. Es schien ihr gar nicht zu passen, dass Franzi ein Lob bekommen hatte, während sie selbst heruntergeputzt worden war. Franzi grinste Cherry schadenfroh an. Dann ging das Training weiter und forderte wieder Franzis ganze Aufmerksamkeit.

Am Ende der Stunde waren alle schweißgebadet. Aber der Einsatz hatte sich gelohnt. Die meisten Schüler hatten die Choreografie schließlich halbwegs hinbekommen.
»Nicht schlecht für den Anfang«, stellte Justin C fest. »Wir sehen uns morgen.«
Kaum hatte der Lehrer den Raum verlassen, machte Cherry ihrem Ärger lautstark Luft. »Eine Unverschämtheit, mit so einer anspruchsvollen Performance anzufangen! Und uns dann auch noch zu behandeln wie ein Sklaventreiber …«
Franzi, die noch völlig aufgedreht von der tollen Trainingsstunde war, schnalzte genervt mit der Zunge. »Warum hältst du nicht einfach den Mund, Cherry? Du bist doch nur sauer, weil du als Einzige nicht mitgekommen bist.«
»Bild dir bloß nichts ein.« Cherry bedachte Franzi mit einem vernichtenden Blick. »Bloß weil Justin dich einmal gelobt hat, bist du noch lange nicht besser als wir.«

»Das hab ich auch gar nicht behauptet«, erwiderte Franzi so ruhig wie möglich. »Aber du vermiest hier mit deinem Gemecker die Stimmung. Das nervt!«
»Die Einzige, die nervt, bist du«, stellte Cherry fest. Sie griff nach Peggys Arm. »Komm, Peg, wir gehen. Das müssen wir uns nicht anhören.« Hocherhobenen Hauptes verließen die beiden Mädchen den Raum.
Franzi sah ihnen kopfschüttelnd nach. Da tauchte Matt neben ihr auf. »Ich glaube, du hast gerade zwei Freundinnen fürs Leben gewonnen.«
Franzi schnaufte verächtlich. »Mit den beiden würde ich mich nicht in hundert Jahren anfreunden.«
»Du nimmst kein Blatt vor den Mund, was?« Matt grinste. »Das gefällt mir. Von den anderen traut sich ja niemand, dieser Cherry Kontra zu geben. Dabei führt sie sich auf, als wäre sie bereits ein Superstar. Echt ätzend.«
Franzi nickte überrascht. »Genau! Aber die meisten Jungs scheinen trotzdem auf sie zu stehen.«
»Ich nicht.« Matt nahm sein Basecap ab und fuhr sich durch die schweißnassen Haare. »Ich stehe mehr auf sportliche Mädchen. Du hast heute echt alles gegeben, was? Ich war direkt hinter dir und bin von deiner Power beinahe weggefegt worden.«
Franzi lachte. »Jetzt übertreib mal nicht. Ich hab einfach Spaß am Tanzen, das ist alles.«
»Tanzt du schon lange?«, wollte Matt wissen.
»Eigentlich nicht.« Franzi erzählte ihm von der Hip-Hop-Aufführung beim Skaterfest.
»Du skatest? Cool!«, sagte Matt anerkennend. »Ich bin auch

ein ziemlich guter Skater. Leider hab ich meine Inlineskates nicht dabei, sonst könnte ich dir ein paar Sprünge zeigen.«
»Wie kommst du darauf, dass du besser bist als ich?« Franzi runzelte die Stirn. Gerade hatte sie angefangen, Matt ein kleines bisschen nett zu finden. Warum musste er jetzt wieder mit seiner blöden Angeberei anfangen?
»Oh nein, da ist er wieder, der tödliche Blick!« Matt hielt sich die Hand vor die Brust und tat so, als würde er unerträgliche Schmerzen erleiden. »Lass mich am Leben, Göttin des Feuers, ich nehme alles zurück!«
Franzi musste lachen und ihr Ärger verrauchte. »Idiot«, sagte sie, doch es klang nicht wirklich böse. »Komm, wir gehen was essen.«
Sie waren die Letzten im Trainingsraum. Matt hielt Franzi galant die Tür auf, dann marschierten sie einträchtig los.

Campgeflüster und Starallüren

»Hey, da bist du ja endlich!« Kim winkte Franzi zu. Sie stand bereits mit Marie in der Schlange vor der Essensausgabe, als Franzi die Kantine betrat. Matt war noch schnell in Richtung Toiletten abgebogen. Heute gab es Gemüseeintopf mit Würstchen und zum Nachtisch Vanillepudding oder Obstsalat. Franzi schnupperte genießerisch. Es roch äußerst vielversprechend und das anstrengende Training hatte sie hungrig gemacht.

»Wo hast du denn so lange gesteckt?«, erkundigte sich Marie.

»Ach, ich hab noch ein bisschen mit Matt gequatscht«, antwortete Franzi so beiläufig wie möglich.

»Mit Matt, dem Angeber?« Kim zog eine Augenbraue hoch. »Ich dachte, du kannst ihn nicht leiden.«

»Na ja … also …«, druckste Franzi herum. »Er scheint irgendwie doch ganz nett zu sein. Und er tanzt nicht schlecht.«

»Matt ist in deinem Workshop?«, fragte Marie. »Erzähl! Wie war's denn überhaupt?«

Franzi berichtete ausführlich vom Training mit Justin C und dem Streit mit Cherry. Das Gespräch mit Matt erwähnte sie dagegen nur kurz. Trotzdem zwinkerten sich Kim und Marie vielsagend zu.

»Kann es sein, dass du Matts umwerfendem Charme bereits erlegen bist?«, erkundigte sich Kim.

»Ich fand ihn ja gleich ganz niedlich«, erinnerte Marie ihre Freundinnen. »Für süße Jungs hab ich ein Auge.«

»Ich finde Matt weder süß noch niedlich«, stellte Franzi klar.

»Wir haben uns einfach nur unterhalten, okay? Ich will nichts von ihm!« Sie beschloss, das Thema zu wechseln. »Wie waren denn eure Workshops?«
»Bei mir war's einfach sensationell!« Mit leuchtenden Augen schwärmte Marie vom Gesangsworkshop bei Sabrina. »Sie ist zwar eine totale Diva, aber ihre Stimme ist toll. Ich durfte vorsingen, und stell dir vor: Sie hat mich sogar gelobt! Ist das nicht irre?« Marie strahlte. »Zwei andere Mädchen hatten allerdings weniger Glück. Sabrina hat sie vor allen anderen heruntergeputzt, weil sie ihre Stimmen nicht gut fand.«
»Wie peinlich.« Kim zog eine Grimasse. »Wir haben erst mal ein paar Stimmübungen gemacht und im Chor gesungen. Am Schluss konnte man sich freiwillig zum Vorsingen melden. Nick hat gesagt, er will in der ersten Stunde niemanden zwingen.«
Franzi grinste. »Und? Hast du dich getraut?«
»Nein«, gab Kim etwas verlegen zu. »Ich war zu nervös. Dabei hatte ich mir fest vorgenommen, meine Angst endlich zu überwinden.«
»Du schaffst das schon«, sagte Marie aufmunternd. »Gib dir einfach etwas Zeit.« Sie waren inzwischen zur Essenstheke vorgerückt. Marie griff nach einem leeren Tablett und rempelte dabei aus Versehen den Jungen vor ihr in der Schlange an. »Sorry!« Sie lächelte ihm entschuldigend zu. »War keine Absicht.« Dann stutzte sie. »Sag mal, bist du nicht auch in Sabrinas Workshop?«
Der Junge nickte und wurde ein bisschen rot. »Ich heiße Leonard. Und du bist Marie, stimmt's?« Er sah mit seinen

braunen, kurz geschnittenen Haaren, der sauberen Jeans und dem gestreiften Shirt ziemlich unscheinbar, ja fast schon langweilig aus. Aber er hatte ein nettes, freundliches Gesicht und einen offenen Blick.

»Genau. Leonard …« Marie dachte einen Moment nach. »Jetzt erinnere ich mich! Du hast in der Begrüßungsrunde erzählt, dass du dich bisher hauptsächlich auf klassischen Gesang konzentriert hast, richtig?«

»Zu Hause singe ich im Kirchenchor«, bestätigte Leonard. »Schon seit meinem sechsten Lebensjahr.«

»Ehrlich? Cool!« Marie warf Leonard einen anerkennenden Blick zu. Franzi entging nicht, dass ihr gekonnter Augenaufschlag den armen Jungen gehörig verwirrte. »Kannst du mir nicht mal was vorsingen? Die klassische Schiene hab ich bisher ein bisschen vernachlässigt.«

»Aber natürlich, sehr gerne, jederzeit!« Leonards Stimme überschlug sich fast vor Begeisterung. Franzi stieß Kim an und grinste. Es war völlig klar, dass Marie sein Herz im Sturm erobert hatte.

In diesem Moment tauchte Matt neben ihnen auf. »Hallo, Leonard, alter Kumpel, wie geht's denn so?« Er schlug Leonard so heftig auf die Schulter, dass dieser in die Knie ging, und reihte sich ganz selbstverständlich hinter ihm in der Schlange ein.

»Hey, stell dich gefälligst hinten an!«, schimpfte Marie.

»Wen haben wir denn da?« Matt grinste. »Marie Grevenbroich, die Camp-Schönheit höchstpersönlich.«

»Hör auf mit dem Gesülze«, befahl Marie. »Damit kannst du bei mir nicht landen.«

»Wie schade.« Matt setzte eine tieftraurige Miene auf. »Dabei hab ich mich doch nur vorgedrängelt, um neben dir in der Schlange stehen zu können. Kannst du mir noch einmal verzeihen?«
Marie musste grinsen. »Na gut, ausnahmsweise. Aber nur, wenn du mir den letzten Vanillepudding überlässt.« Sie zeigte auf ein Schälchen in der Glasvitrine für den Nachtisch.
»Bitte schön!« Matt nahm das Schälchen und reichte es Marie mit einer kleinen Verbeugung. »Ich wünsche guten Appetit.«
»Vielen Dank.« Marie lächelte ihm noch einmal zu, dann steuerte sie mit ihrem Tablett den nächsten freien Tisch an. Leonard hatte sie schon wieder völlig vergessen. Der sehnsüchtige Blick, mit dem er Marie nachsah, fiel nur Franzi auf. Sie hätte gern etwas Tröstliches zu ihm gesagt, aber das hätte ihn vermutlich noch mehr in Verlegenheit gebracht. Außerdem würde sich Marie bestimmt nicht so schnell ändern. Wenn sie in Flirtlaune war, ließ sie reihenweise gebrochene Jungenherzen hinter sich zurück.

Nach dem Essen schlenderten die drei !!! über das Gelände. Sie hatten noch eine Stunde Zeit, bevor die Workshops weitergingen, und wollten sich in ihrer Hütte ein wenig entspannen.
Auf halbem Weg kam ihnen ein Mädchen entgegen. Es war hochrot im Gesicht und schien ziemlich aufgeregt zu sein.
Kim runzelte die Stirn. »Das ist doch Alissa! Sie ist in meinem Workshop. Was ist denn mit der los?«
Alissa stoppte, als sie die drei !!! erreichte. »Hey, Kim, gut,

dass ich dich treffe. Hast du zufällig mein Handy gesehen? Ich hab's heute Vormittag im Proberaum liegen gelassen und jetzt ist es nicht mehr da.«

Kim schüttelte den Kopf. »Nein, tut mir leid.«

Alissa seufzte. »So ein Mist! Es war ganz neu, ein Geschenk meiner Eltern zu meinem vierzehnten Geburtstag letzte Woche …«

»Es taucht bestimmt wieder auf«, sagte Kim beruhigend. »Vielleicht hat es jemand versehentlich eingesteckt. Frag doch gleich im Workshop mal nach.«

Alissas Miene hellte sich auf. »Gute Idee! Vielen Dank für den Tipp.« Schon nicht mehr ganz so aufgelöst setzte sie ihren Weg fort.

»Diese Alissa scheint ganz nett zu sein«, stellte Franzi fest.

»Ja, sie war mir im Workshop gleich sympathisch«, stimmte Kim zu. »Sie hat sich auch nicht freiwillig zum Vorsingen gemeldet. Ich glaube, sie ist etwas schüchtern.«

»Eine Seelenverwandte also.« Marie lachte.

Sie kamen an Bob Martens Büro vorbei, einer etwas größeren Holzhütte mit der Aufschrift »Campleitung«. Die Tür war nur angelehnt und aus dem Inneren waren ärgerliche Stimmen zu hören. Die drei !!! blieben stehen.

»Was ist denn da los?«, fragte Franzi.

»Klingt wie ein Streit.« Marie runzelte die Stirn. »Ist das nicht Sabrina?«

Tatsächlich drang die schrille Stimme der Sängerin aus dem Büro.

»So geht das nicht!«, keifte sie. »Die beiden Mädchen können keinen einzigen sauberen Ton singen. Sie halten den

ganzen Kurs auf. Meiner Meinung nach haben sie hier nichts verloren. Je eher sie nach Hause fahren, desto besser.«
»Kommt nicht infrage«, erwiderte Bob Marten ruhig. Er sprach leiser als Sabrina, und die drei !!! schlichen näher an die Hütte heran, um ihn besser verstehen zu können. »Du sollst deine Schüler nicht entmutigen, sondern das Beste aus ihnen herausholen. War das alles?«
»Nein, das war nicht alles!«, zeterte Sabrina. »Meine Unterkunft ist völlig unzureichend. Der Kleiderschrank ist zu klein und das Bett viel zu hart. Ich leide bereits unter heftigen Rückenschmerzen. Außerdem kommt nur lauwarmes Wasser aus der Dusche. Ganz zu schweigen von dem furchtbaren Essen. Dein Küchenchef weigert sich, meinen Diätplan zu befolgen. Er war schrecklich unfreundlich zu mir.«
»Das tut mir leid.« Bob Marten klang inzwischen ziemlich genervt. »Aber hier bekommt niemand eine Extrabehandlung. Das ist eine Grundregel des Camps.«
»Ich bin aber nicht irgendwer!«, rief Sabrina erbost. »Du kannst nicht ernsthaft erwarten, dass ich in einer Holzhütte wohne und mich von fettiger Erbsensuppe ernähre. Ich möchte ab sofort in einem vernünftigen Hotel untergebracht werden. Mindestens vier Sterne, versteht sich, und ein Wellness-Bereich wäre auch nicht schlecht ...«
Bob Marten lachte. »Das ist nicht dein Ernst, oder? Ich glaube kaum, dass du dir solche Forderungen leisten kannst, meine Liebe. Darf ich dich daran erinnern, dass du mich um diese Stelle förmlich angefleht hast, nachdem deine letzte CD nicht so gut gelaufen ist wie erwartet?«
»Das ist eine Unverschämtheit!«, schrie Sabrina. »Ich hab

den Job aus reiner Nettigkeit angenommen. Das Camp kann froh sein, sich mit meinem Namen schmücken zu können. Und dafür erwarte ich eine angemessene Behandlung.«

»Vergiss es«, sagte Bob Marten kalt. »Und jetzt verlass bitte mein Büro, ich muss arbeiten.«

»Na warte«, zischte die Sängerin. »Du wirst schon sehen, was du davon hast!«

Sie stürmte aus der Hütte und knallte die Tür hinter sich zu. Die drei !!! konnten sich gerade noch rechtzeitig hinter ein dichtes Gebüsch zurückziehen. Aber Sabrina war so wütend, dass sie sie wahrscheinlich sowieso nicht bemerkt hätte. Genauso wenig wie sie Ute Toben bemerkte, die plötzlich hinter der anderen Seite der Hütte auftauchte und sich an Sabrinas Fersen heftete.

»Entschuldigen Sie bitte!«, rief sie der Sängerin nach. »Ich habe gerade zufällig Ihren kleinen Wortwechsel mitbekommen. Wie wär's mit einem kurzen Interview? Mich würden die Hintergründe des Streits interessieren. Hat Bob Marten Sie tatsächlich in einer dieser primitiven Hütten einquartiert?«

Sabrina drehte sich um. »Eine echte Zumutung, finden Sie nicht auch?«

Die Journalistin nickte. »Allerdings! Erzählen Sie mir am besten alles von Anfang an. Behandelt Bob Marten seine Workshop-Leiter immer so von oben herab?«

Die beiden Frauen entfernten sich und die drei !!! kamen aus ihrem Versteck.

»Ute Toben war bestimmt nicht zufällig hier«, vermutete Marie.

»Nie im Leben«, stimmte Franzi zu. »Die hat einen Riecher

für gute Storys. Gestern die Kakerlaken und heute der Streit zwischen Sabrina und dem Campleiter. Keine schlechte Bilanz für zwei Tage.«

»Die Kakerlaken-Geschichte hat sie an die Presse verkauft«, berichtete Kim. »Ich hab den Artikel heute früh in der Tageszeitung entdeckt, die in der Kantine ausliegt. Sie hat alles schrecklich aufgebauscht und dramatisiert.«

»Eine merkwürdige Person.« Marie runzelte die Stirn. »Es kann bestimmt nicht schaden, sie ein bisschen im Auge zu behalten ...«

Morgenstund hat Gold im Mund

Am nächsten Morgen verließ Franzi in Joggingklamotten und Turnschuhen um kurz nach sechs die Hütte. Kim und Marie schliefen noch, genauso wie die anderen Campteilnehmer. Über dem Gelände lag morgendliche Stille. Franzi sog genießerisch die frische, kühle Luft ein und zog den Reißverschluss ihrer Trainingsjacke zu. Sie machte ein paar Dehnübungen, dann trabte sie auf den Wald zu, der direkt hinter der Hütte begann.

Franzi folgte einem schmalen Pfad zwischen hohen Bäumen hindurch. Der Boden war weich und federte Franzis Schritte ab, das Laufen ging fast wie von selbst. Allmählich steigerte sie das Tempo. Die Morgensonne brach durch die Zweige und malte bunte Kringel auf das Moos, das zwischen den Bäumen wuchs. Ein paar Vögel zwitscherten, sonst herrschte andächtige Ruhe. Franzi genoss die Bewegung an der frischen Luft und das Gefühl, dass ihre Muskeln immer lockerer wurden. Wenn sie es schaffte, jeden Morgen eine Runde durch den Wald zu joggen, würde sie beim Tanztraining bald nicht mehr so schnell aus der Puste kommen.

Nach zwanzig Minuten hatte Franzi den See erreicht. Er wurde von Kiefern gesäumt, die größtenteils bis zum Wasser reichten. Franzi blieb stehen und betrachtete das schwarze Wasser. Weiter vorne gab es einen schmalen Sandstreifen, der sich bestimmt hervorragend zum Sonnen und Baden eignete. Franzi spürte den salzigen Schweiß auf ihrer Haut und überlegte, ob sie schnell in den See springen sollte, um sich

abzukühlen. Ein morgendliches Bad wäre bestimmt herrlich erfrischend …
Ehe sie zu einem Entschluss kommen konnte, hörte sie leises Plätschern und entdeckte eine Bewegung im ansonsten völlig ruhigen Wasser. Franzi kniff die Augen zusammen. Was war das? Ein Fisch? Nein, dort schwamm jemand! Offenbar war sie nicht der einzige Frühaufsteher im Camp. Neugierig ging Franzi näher ans Ufer. Doch der Schwimmer war noch zu weit entfernt, sie konnte ihn nicht erkennen. Er schwamm mit schnellen Kraulbewegungen auf den Sandstreifen zu. Franzi betrachtete ihn fasziniert. Seine Bewegungen wirkten so harmonisch und selbstverständlich, als wäre das Wasser sein ureigenes Element.
Erst als der Schwimmer das Ufer beinahe erreicht hatte, bemerkte er Franzi. Er hielt überrascht inne, blieb im hüfthohen Wasser stehen und fuhr sich durch seine nassen Haare. Ein paar Tropfen rannen über seinen durchtrainierten, leicht gebräunten Oberkörper. Offenbar trieb er regelmäßig Sport. Franzi war sich ganz sicher, dass sie diesen Jungen noch nie im Camp gesehen hatte. So ein gut aussehender Typ wäre ihr garantiert aufgefallen.
»Guten Morgen«, sagte der Unbekannte. »Stehst du schon lange da?«
Franzi erwachte aus ihrer Erstarrung. Es war ihr etwas peinlich, dass sie den Schwimmer so offensichtlich angestarrt hatte. »T…tut mir leid«, stammelte sie. »Ich wollte dich nicht erschrecken. Ich bin gerade zufällig vorbeigekommen und hab mich gefragt, wer außer mir noch so früh unterwegs ist …«

Der Junge lächelte. »Du hast mich nicht erschreckt. Ich war im ersten Moment nur etwas überrascht, das ist alles. Normalerweise ist hier um diese Uhrzeit außer mir keine Menschenseele.«
»Schwimmst du jeden Morgen im See?«, fragte Franzi.
Der Junge nickte. »Das Wasser ist einfach herrlich. Und der See ist frühmorgens am schönsten. Dann ist die Natur noch so still und unberührt …«
»Ich weiß genau, was du meinst«, sagte Franzi eifrig. »Es ist, als wäre man der einzige Mensch auf der Welt.«
»Stimmt.« Der Junge betrachtete Franzi aufmerksam. »Du bist aus dem Camp, oder? Wie heißt du?«
»Franzi«, antwortete Franzi. »Wir sind vorgestern angekommen. Und du? Bist du auch im Camp? Wenn ja, dann hast du dich bisher allerdings gut versteckt …«
Der Unbekannte lachte. »Nein, ich gehöre nicht zum Camp. Mein Vater ist der Gärtner hier. Er wohnt in einer Hütte im Wald etwas abseits vom Camp und ich verbringe die Sommerferien bei ihm. Ich heiße übrigens Tom.«
»Freut mich«, sagte Franzi. »Ist es nicht etwas langweilig, die ganzen Ferien alleine herumzuhängen?«
Tom schüttelte den Kopf. »Überhaupt nicht. Ruhe ist genau das, was ich gerade brauche. Schwimmen, schlafen, lesen, Musik hören, mehr will ich gar nicht. Ab und zu gehe ich meinem Vater ein bisschen zur Hand, ansonsten liege ich einfach auf der faulen Haut.«
»Hört sich gut an.« Franzi fröstelte. Die kalte Morgenluft drang durch ihre verschwitzten Klamotten, aber aus irgendeinem Grund hatte sie es nicht eilig weiterzulaufen. Ganz

und gar nicht eilig. Sie hätte ewig hier stehen und mit Tom plaudern können. Wie merkwürdig, dabei kannte sie ihn doch erst seit ein paar Minuten …

»Sag mal, frierst du gar nicht?«, fragte sie. »Das Wasser ist doch bestimmt noch nicht besonders warm.«

Tom grinste etwas verlegen. »Na ja … ehrlich gesagt ist es sogar saukalt. Aber … tja … also … dummerweise hab ich keine Badehose an.«

Franzi brauchte ein paar Sekunden, um den tieferen Sinn seiner Worte zu verstehen. Ihr Blick fiel auf einen Kleiderhaufen, der einige Meter entfernt im Sand lag und den sie bisher nicht bemerkt hatte. Toms Klamotten. Er hatte sich am Ufer ausgezogen und war ins Wasser gestiegen. OHNE BADEHOSE!

Franzi merkte, wie sie knallrot anlief. »Oh … tut mir leid … das wusste ich nicht …«, stammelte sie.

Tom hatte die Arme um den Oberkörper geschlungen. Franzi konnte selbst aus der Entfernung die Gänsehaut auf seinen Armen erkennen. Fehlte nur noch, dass er mit den Zähnen klapperte. Er musste wirklich frieren wie ein Schneider.

»Macht doch nichts«, sagte er. »Woher hättest du das auch wissen sollen?« Er hatte sich immer noch nicht von der Stelle bewegt. Natürlich nicht – er wartete ja darauf, dass Franzi endlich verschwand. Und sie hatte ihn die ganze Zeit zugetextet! Die Situation war so peinlich, dass Franzi am liebsten im weichen Waldboden versunken wäre.

»Ich muss los«, sagte sie hastig. »Sonst komme ich zu spät zum Frühstück.« Sie drehte sich um und joggte rasch davon. Vor lauter Eile wäre sie fast über eine Baumwurzel gestolpert.

»War nett, mit dir zu plaudern!«, rief Tom ihr nach. Es plätscherte leise, als er aus dem Wasser kam.
Franzi lief schnell weiter, ohne sich noch einmal umzusehen. Bald hatte der Wald den See und seinen einsamen Schwimmer verschluckt.

»Es war so romantisch! Wie in einem kitschigen Film.« Kim biss von ihrem Marmeladenbrötchen ab. Die drei !!! saßen beim Frühstück und sie schwärmte gerade von der gestrigen Bootstour mit Michi. »Nur Michi, der Mond, die Sterne und ich«, nuschelte sie mit vollem Mund. »Und ganz viel Wasser natürlich. Könnt ihr euch das vorstellen?«
»So ungefähr.« Marie lachte. »Du bist ja völlig euphorisch!«
»Nein, nur glücklich.« Kim seufzte. »Genauso hab ich mir den Sommer mit Michi vorgestellt.«
»Wie gefällt ihm denn der Job in der Küche?«, erkundigte sich Franzi. Nach der morgendlichen Joggingrunde hatte sie einen Bärenhunger und verdrückte bereits ihr drittes Brötchen.
»Ganz gut«, antwortete Kim. »Allerdings ist die Stimmung dort manchmal ziemlich mies. Der Küchenchef hat offenbar Stress mit einer Aushilfe. Keine Ahnung, was da genau los ist. Michi hat nur erzählt, dass sich die beiden beim geringsten Anlass anbrüllen. Aber die Arbeit selbst macht ihm Spaß.«
Zwei Mädchen setzten sich zu den drei !!! an den Tisch. Marie nickte ihnen zu. »Guten Morgen!«
»Hallo, Marie.« Die eine, ein hübsches, schlankes Mädchen mit kurzen dunklen Haaren und grünen Augen, grüßte

freundlich zurück. Dann begann sie, sich leise mit ihrer Tischnachbarin zu unterhalten.
»Sind die zwei in deinem Workshop?«, fragte Kim.
Marie nickte. »Sie sind Schwestern und heißen Conny und Insa.« Sie senkte die Stimme. »Das sind die beiden, die Sabrina gestern vor versammelter Mannschaft fertiggemacht hat.«
Neugierig sahen Kim und Franzi zu den Mädchen hinüber. Conny schien über irgendetwas ziemlich wütend zu sein. Sie gestikulierte wild und ihre Stimme wurde immer lauter. Ihr Frühstückstablett hatte sie noch nicht angerührt.
»Damit kommt sie nicht durch«, schimpfte sie. »Das lassen wir uns nicht bieten. Immerhin haben wir für das Camp bezahlt, da kann uns die dumme Kuh nicht einfach aus dem Workshop schmeißen.«
Insa, ein zierliches Mädchen mit Stupsnase und weizenblondem Pferdeschwanz, versuchte ihre Schwester zu beruhigen. »Jetzt reg dich doch nicht so auf. Wir reden einfach noch mal mit Sabrina. Das ist bestimmt nur ein Missverständnis …«
Franzi musste sofort an den Streit zwischen Sabrina und Bob Marten denken, den sie gestern belauscht hatten. War es dabei um Conny und Insa gegangen? Doch woher wussten die beiden von Sabrinas Absichten? Der Campleiter hatte ihr doch ausdrücklich untersagt, die Mädchen auszuschließen.
Marie räusperte sich. »Entschuldigt, aber wovon redet ihr eigentlich? Habt ihr Stress mit Sabrina?«
Conny nickte. »Und ob! Du hast ja mitbekommen, wie sie uns gestern angeraunzt hat. Dabei sind unsere Stimmen

nicht schlechter als die der anderen. Insa und ich singen seit Jahren im Duett. Wir sind schon oft auf Familienfeiern aufgetreten und haben jedes Mal großen Erfolg gehabt.«

»Später wollen wir professionelle Sängerinnen werden«, erzählte Insa eifrig. »Unsere Mutter meint, wir hätten gute Chancen, es bis ganz nach oben zu schaffen.«

»Und jetzt will uns diese Sabrina einen Strich durch die Rechnung machen!«, rief Conny ärgerlich, bevor die drei !!! irgendetwas zu den hochfliegenden Zukunftsplänen der Schwestern sagen konnten.

»Will sie euch tatsächlich aus dem Workshop werfen?«, hakte Franzi nach. »Woher wisst ihr das?«

»Ute Toben hat es uns erzählt«, antwortete Insa.

»Was?«, riefen Kim, Franzi und Marie wie aus einem Mund. Die Journalistin hatte Insiderwissen ausgeplaudert. Das war einfach unglaublich!

»Sie ist gestern in unserer Hütte aufgetaucht, um ein Interview mit uns zu machen«, berichtete Conny. »Sie war total nett. Erst wollte sie alles über unsere Zukunftspläne wissen. Und am Schluss hat sie noch gefragt, wie wir Sabrina als Workshopleiterin finden. Na, da hab ich ihr erst mal ein paar Sachen erzählt …«

Franzi schüttelte fassungslos den Kopf. Sie musste sich zusammenreißen, um ihrem Ärger über die dreiste Journalistin nicht lautstark Luft zu machen. Offenbar versuchte Ute Toben, die Leute aus dem Camp gegeneinander aufzuhetzen. Aber warum? Damit eine spannende Story für sie heraussprang? An gutem Journalismus schien sie jedenfalls nicht interessiert zu sein. Plötzlich kam Franzi ein Gedanke. Und wenn die Reporterin auch die Kakerlaken-Invasion inszeniert hatte? Immerhin hatte ihr dieser Zwischenfall die ersten spektakulären Filmszenen eingebracht. Franzi spürte das altbekannte Kribbeln im Bauch. Vielleicht bahnte sich hier ja doch ein neuer Fall an …

Ehe Franzi weiter darüber nachdenken konnte, sprang Conny plötzlich auf und zischte: »Da ist sie!«

Sabrina hatte soeben die Kantine betreten. Obwohl die Frühstückszeit fast vorbei war, stöckelte sie auf ihren hohen Absätzen zielstrebig in Richtung Essensausgabe. Conny verstellte ihr den Weg.

»Was soll das?«, fragte Sabrina. »Lass mich durch.« Sie war wie immer top gestylt. Allerdings meinte Franzi, dunkle Schatten unter ihren Augen zu erkennen, die durch das sorgfältig aufgetragene Make-up hindurchschimmerten. Offenbar hatte die Pop-Queen nicht gut geschlafen und war deshalb gereizt.

Conny wich keinen Millimeter zur Seite. »Stimmt es, dass du Insa und mich aus dem Workshop werfen willst?«, herrschte sie die Sängerin an.

Sabrina blieb ganz ruhig. »Ich weiß zwar nicht, woher du diese Information hast, aber wenn du mich so fragst: Ja, das stimmt.«

»Was?« Conny starrte Sabrina fassungslos an. Offenbar hatte sie trotz allem gehofft, die Angelegenheit würde sich als Missverständnis herausstellen. Auch Insa wurde blass vor Schreck.

»Leider zwingt mich der Campleiter dazu, euch weiter zu unterrichten«, fuhr Sabrina fort. »Ihr werdet also im Workshop bleiben. Aber wenn ihr meine Meinung hören wollt: Schminkt euch eine Karriere als Sängerinnen lieber gleich ab. Eure Stimmen sind zu schlecht und die Konkurrenz im Showbiz ist hart. Ihr hättet sowieso keine Chance.«

Conny ballte die Fäuste. »Das stimmt nicht! Wir sind begabt. Das haben bisher alle gesagt, die uns singen gehört haben.«

»Dann hatten sie wohl Tomaten auf den Ohren«, sagte Sabrina kühl. »Oder sie wollten euch nicht wehtun. Glaubt mir, ich sage das nicht, um euch zu ärgern. Ihr könnt euch viele Enttäuschungen ersparen, wenn ihr auf meinen Rat hört und die Singerei an den Nagel hängt.«

»Auf keinen Fall!«, rief Conny. Sie war vor Ärger rot angelaufen und sah aus, als würde sie der Pop-Diva jeden Moment an die Gurgel springen.

Insa war ebenfalls aufgestanden und hatte sich neben ihre Schwester gestellt. »Hör auf, das hat doch keinen Zweck«, sagte sie leise.

Aber Conny schien sie gar nicht zu bemerken. »Nimm das sofort zurück«, zischte sie Sabrina an. »Sonst wird es dir noch leidtun!«

Da tauchte Nick hinter Conny auf. »Immer mit der Ruhe.« Er legte eine Hand auf ihre Schulter. »Was ist denn hier los?«

»Dieses Mädchen kann die Wahrheit nicht vertragen.« Sabrina warf Conny einen abschätzigen Blick zu. »Sie hält sich für talentiert, aber sie ist es nicht.«

»Warum setzen wir uns nicht hin und reden über die Sache?«, schlug Nick vor.

»Ich denke, es ist bereits alles gesagt«, verkündete Sabrina.

»Außerdem würde ich gerne noch etwas essen, bevor mein Workshop beginnt.« Sie rauschte davon, ohne Conny und Insa eines weiteren Blickes zu würdigen.
Conny knirschte wütend mit den Zähnen. In ihren Augen glitzerten Tränen, aber sie machte keine Anstalten, der Sängerin zu folgen.
»Komm«, murmelte Insa und griff nach der Hand ihrer Schwester. »Lass uns gehen.« Sie zog Conny aus dem Speisesaal.
Nick kratzte sich verwirrt am Kopf. »Was war denn das?«
Kim sah den Schwestern nach. In ihrem Blick lag Mitgefühl. »Ich glaube, da ist gerade ein großer Traum zerplatzt.«
»Oder auch nicht«, sagte Marie. »Wie ich Conny einschätze, wird sie sich nicht so leicht von ihren Plänen abbringen lassen. Sie sieht sich und Insa doch schon auf den großen Bühnen dieser Welt.«
Nick warf einen Blick auf die Uhr. »Zeit für die Workshops, Leute! Auf, auf!« Er klatschte in die Hände und scheuchte die Mädchen nach draußen.

Franzi kriegt Ärger

Vor der Kantine blieben die drei !!! kurz stehen.
»Denkt ihr auch, was ich denke?«, fragte Marie.
Kim nickte. »Wir sollten dringend ein Clubtreffen abhalten und die neuesten Ereignisse besprechen. Erst die Kakerlaken-Invasion, dann der Streit zwischen Sabrina und Bob Marten und jetzt der Eklat im Speisesaal. Irgendetwas ist hier im Gange.«
»Okay, dann treffen wir uns nach dem Unterricht.« Franzi trat ungeduldig von einem Bein auf das andere. Sie wollte nicht zu spät in den Trainingsraum kommen.
Da bog Leonard um die Ecke. Seine Augen leuchteten auf, als er Marie erblickte.
»Bist du auch unterwegs zum Workshop?«, fragte er sie. »Wir könnten doch zusammen gehen.«
»Wir haben hier noch etwas zu besprechen«, sagte Marie ungnädig. »Das siehst du doch.«
»Sorry.« Leonards Gesicht verschloss sich augenblicklich. Aber er startete trotzdem einen zweiten Versuch. »Hast du später Zeit? Dann singe ich dir etwas vor.«
»Das geht nicht.« Marie runzelte die Stirn. »Nach dem Workshop bin ich schon verplant. Vielleicht ein andermal, okay?«
»Klar, kein Problem«, sagte Leonard hastig. Sein Blick war so traurig, dass er Franzi richtig leidtat. Offenbar hatte es ihn ziemlich erwischt. Bevor Leonard wie ein begossener Pudel davontrabte, drehte er sich noch einmal um. »Übrigens – ich

hab mein Portemonnaie verloren. Es ist aus dunkelbraunem Leder und schon ziemlich abgegriffen. Falls ihr es zufällig findet, wäre es nett, wenn ihr es mir zurückgeben könntet.«

»Klar, machen wir«, sagte Kim freundlich.

Franzi runzelte die Stirn. Gestern ein verschwundenes Handy, heute ein verlorenes Portemonnaie ... Konnte das Zufall sein? Oder gab es nicht nur eine sensationswütige Journalistin, sondern auch einen Dieb im Camp? Kim und Marie hatten recht, sie mussten dringend eine Clubsitzung abhalten. Aber jetzt waren erst mal die Workshops an der Reihe. Ein Blick auf die Uhr zeigte Franzi, dass sie spät dran war.

»Bis nachher, Leute«, rief sie ihren Freundinnen zu. »Und viel Spaß beim Singen!« Dann spurtete sie los.

Kurz vor Justin C schlüpfte Franzi in den Trainingsraum. Sie war die ganze Strecke gerannt und schnappte nach Luft.

»Da bist du ja!« Matt begrüßte sie mit einem Lächeln. »Ich dachte schon, du kneifst.«

Ehe Franzi etwas erwidern konnte, kam Justin C herein und zog sofort die gesamte Aufmerksamkeit auf sich.

»Wir werden gleich die Choreo von gestern noch etwas vertiefen«, erklärte er. »Heute kommt es mir darauf an, dass ihr euren eigenen Stil findet. Versucht, der Performance einen persönlichen Touch zu geben, indem ihr neue Elemente einbaut oder einfach improvisiert. Natürlich braucht ihr dafür nicht nur Kreativität, sondern auch Ausdauer. Wenn ihr Profi-Tänzer werden wollt, kann ich euch nur raten, ständig an eurer Fitness zu arbeiten. Geht laufen, schwimmen oder

Rad fahren. Und zwar jeden Tag.« Er zwinkerte Franzi zu. »Ich hab dich heute Morgen gesehen. Respekt! Wer schon um kurz vor sieben vom Joggen zurückkommt, hat echten Ehrgeiz.«

Franzi wurde warm vor Stolz. Da flüsterte Cherry so laut, dass es alle hören können: »Oder ist total durchgeknallt! Welcher normale Mensch steht denn freiwillig so früh auf?«

Franzi wollte Cherry gerade mit einer scharfen Bemerkung den Mund stopfen, doch Justin C kam ihr zuvor.

Er warf Cherry einen durchdringenden Blick zu. »Andere Teilnehmer scheinen dagegen lieber so lange wie möglich faul im Bett herumzuliegen oder die Morgenstunden vor dem Spiegel zu verbringen. Keine gute Methode, um als Tänzer Karriere zu machen.«

Cherry wurde rot vor Ärger und Neid, traute sich aber nicht, etwas zu erwidern.

Justin C ging zur Stereoanlage, die in einer Ecke des Raumes stand. »Genug geplaudert. Jetzt geht's los, und zwar mit Musik!« Er legte eine CD ein. Kurz darauf dröhnten Hip-Hop-Beats aus den Lautsprechern an der Decke.

Franzi spürte, wie der Rhythmus Besitz von ihrem Körper ergriff. Ihre Beine zuckten und ihr Kopf leerte sich. Sie dachte nicht mehr an Cherry, nicht mehr an den Detektivclub und nicht mehr daran, ob sie gut genug für den Workshop war. Sie dachte an gar nichts mehr.

Als Justin C zu tanzen begann, bewegte sich Franzi automatisch mit. Heute musste sie nicht mehr ständig zu ihm hinübersehen, um nur ja keine Bewegung zu verpassen. Ihre Füße erinnerten sich von selbst an die Moves und führten sie

mal mehr, mal weniger perfekt aus. Nach einer Weile wurde Franzi mutiger und traute sich sogar, eigene Elemente in die Choreo einzufügen.
Auch die anderen machten mit. Neben Franzi improvisierte Matt mit geschlossenen Augen. Er führte ein paar Sidesteps aus, drehte sich im Kreis und schwenkte die Arme über dem Kopf. Franzi fiel auf, dass er ein ziemlich guter Tänzer war. Dann verlor sie sich wieder in ihren eigenen Bewegungen.
Das Training war noch besser als am Tag zuvor. Und noch anstrengender. Justin C ließ seinen Schülern kaum Zeit zum Luftholen. Kurz vor Ende der Stunde war Franzi völlig nass geschwitzt. Durstig trank sie den letzten Rest aus ihrer Wasserflasche. Auch die anderen sahen ziemlich fertig aus. Offenbar war Franzi nicht die Einzige, die noch an ihrer Kondition arbeiten musste.
Justin C klatschte in die Hände. »Weiter geht's! Bevor wir Schluss machen, zeige ich euch noch den Anfang einer neuen Choreo.«
Unterdrücktes Stöhnen war zu hören. Cherry wischte sich den Schweiß von der Stirn. Sie war vor Anstrengung knallrot angelaufen und ihr Atem ging schnell und keuchend. »Das lohnt sich doch gar nicht mehr«, murrte sie. »Können wir das nicht morgen machen?«
»Ihr seid hier, um etwas zu lernen«, stellte der Lehrer klar. »Und nicht, um auf der faulen Haut zu liegen. Wir nutzen jede Minute. Also los, bewegt euch!«
Langsam nahmen die Schüler ihre Plätze wieder ein. Die meisten hatten keine Lust mehr, das war deutlich zu sehen. Auch Franzi war ziemlich ausgepowert. Trotzdem versuchte

sie, sich zu konzentrieren. Doch schon nach wenigen Minuten wurde das Training von einem durchdringenden Schrei unterbrochen. Cherry, die direkt neben Franzi gestanden hatte, sank theatralisch zu Boden.
Ungeduldig drehte sich der Tanzlehrer um. »Was ist denn jetzt schon wieder?«
»Ich bin umgeknickt«, jammerte Cherry. »Ich glaube, ich hab mir den Knöchel verstaucht.« Sie verzog das Gesicht und hielt sich den Fuß.
Justin C war sofort bei ihr. »Zeig mal her.« Er untersuchte vorsichtig den Knöchel. »Geschwollen ist er nicht«, stellte er fest. »Scheint nichts Ernstes zu sein. Wie ist das passiert?«
Cherry sah zu Franzi. Ihre Augen blitzten boshaft. »Franzi hat mich angerempelt. Deshalb hab ich das Gleichgewicht verloren.«
Franzi war so überrascht, dass sie im ersten Moment keinen Ton herausbrachte. Sie starrte Cherry an. War das ihr Ernst?
»Ich … ich …«, stammelte sie. »Ich hab dich nicht angerührt!«
»Doch, hast du«, rief Cherry. »Du hast mich mit Absicht gestoßen, gib's zu!«
Franzi schüttelte empört den Kopf. »Das ist eine ganz gemeine Lüge! Du veranstaltest dieses Theater doch nur, weil niemand merken soll, dass du mit deinen Kräften am Ende bist. Du solltest lieber an deiner Fitness arbeiten, statt mir die Schuld in die Schuhe zu schieben.«
»Du konntest mich von Anfang an nicht leiden«, behauptete Cherry. »Weil ich besser bin als du. Darum wolltest du mich außer Gefecht setzen.«

»So ein Unsinn!« Cherrys dreiste Anschuldigungen machten Franzi immer wütender. Sie schaffte es einfach nicht, ruhig zu bleiben. »Du lügst doch, wenn du nur den Mund aufmachst.«
»Schluss jetzt!« Justin C sah die Mädchen ärgerlich an. »Ihr hört jetzt sofort auf, alle beide. Ich dulde kein Geschrei in meinem Kurs, ist das klar? Tragt eure privaten Streitereien gefälligst in eurer Freizeit aus.« Er wandte sich an Cherry. »Schone den Fuß heute ein bisschen, dann bist du morgen bestimmt wieder fit. Und jetzt will ich nichts mehr davon hören.«
Franzi knirschte ärgerlich mit den Zähnen. Wegen Cherrys hinterhältiger Aktion hielt Justin sie jetzt für eine fiese Zicke. Das war echt ungerecht!
»Ihr sollt natürlich nicht nur hier im Kurs trainieren«, verkündete Justin C. »Nutzt jede Minute im Camp. Deshalb werde ich jetzt Übungsgruppen einteilen. Immer zwei Teilnehmer, deren Fähigkeiten sich gut ergänzen, werden in ihrer Freizeit gemeinsam trainieren. Beobachtet euch gegenseitig und bringt euch so viel wie möglich bei.« Er zückte eine Liste und begann, die Namen vorzulesen.
Franzi hörte nur mit halbem Ohr zu. Sie war in Gedanken immer noch bei Cherry und ihren Anschuldigungen. Was hatte sie sich nur dabei gedacht? Fast hätte Franzi verpasst, mit wem sie trainieren sollte. Sie blinzelte überrascht. Hatte sie sich verhört?
Aber da tauchte Matt schon hinter ihr auf und verpasste ihr einen kräftigen Schlag auf die Schulter. »Hallo, Trainingspartnerin! Wir sind jetzt ein Team, ist das nicht super?«

»Na ja, geht so ...« Franzi schaffte es nicht, Begeisterung zu heucheln. Mit Matt in einer Übungsgruppe, das hatte ihr gerade noch gefehlt! Wahrscheinlich würde er die ganze Zeit nur mit seinen Tanzkünsten angeben und sie schrecklich nerven.
»Hey, das wird bestimmt toll.« Matt schien im Gegensatz zu Franzi ausgesprochen zufrieden mit der Einteilung zu sein. »Ich bin sicher, dass wir viel voneinander lernen werden. Was hältst du davon, wenn wir uns jeden Tag nach dem Abendessen treffen? Dann können wir locker zwei Stunden trainieren, bevor es Zeit zum Schlafengehen ist.«
»Ist das dein Ernst?« Franzi sah Matt überrascht an. Mit so viel Ehrgeiz hatte sie nicht gerechnet. Vielleicht steckte hinter Matts angeberischer Fassade ja doch ein ernsthafter Tänzer.
»Na klar!« Matt nickte. »Ich freu mich schon drauf. Und lass dich von dieser intriganten Cherry bloß nicht ärgern. Alle haben gesehen, dass du sie nicht gestoßen hast. Ich schätze, ihr ist einfach die Puste ausgegangen, und darum hat sie sich fallen lassen.«
»Danke.« Franzi lächelte. Es tat gut zu wissen, dass Matt auf ihrer Seite stand. Sie wollte noch etwas sagen, doch in diesem Moment ertönte ein Schrei von draußen. Franzi und Matt rannten aus dem Trainingsraum. Vor der Tür blieben sie stehen.
Franzi schnupperte. »Riecht irgendwie nach Rauch ...«
Da ertönte wieder die gellende Stimme und diesmal konnte Franzi auch verstehen, was sie rief.
»FEUER! FEUER!«
Einen Moment war Franzi wie erstarrt. Dann rannte sie los.

Flammen im Camp

Franzi folgte dem Brandgeruch. Von überall her kamen andere Campteilnehmer angelaufen. Alle waren verwirrt und aufgeregt. Niemand wusste genau, was geschehen war.

»Es ist eine der Hütten!«, rief jemand. »Sie brennt!«

Als Franzi die Hütte erreichte, schlugen bereits kleine Flammen aus dem Fenster und leckten an der äußeren Holzverkleidung. Dichter Rauch quoll aus jeder Ritze und Franzi musste husten. Kim und Marie waren bereits vor Ort, genauso wie der Großteil des Camps. Alle starrten fassungslos auf die Flammen.

Ute Toben und ihr Team waren natürlich auch da. Statt etwas gegen die Flammen zu unternehmen, filmte der Kameramann eifrig. Die Journalistin hatte sich vor der Kamera positioniert, mit der brennenden Hütte im Hintergrund, und kommentierte in professionellem Tonfall die Situation.

»Was ist passiert?«, fragte Franzi. »Ist noch jemand in der Hütte?«

Marie zuckte mit den Schultern. »Keine Ahnung. Als wir ankamen, brannte es bereits.«

»Warum tut denn niemand etwas?«, fragte Kim verzweifelt. »Wir müssen die Feuerwehr rufen!«

»Es ist schon jemand unterwegs zu Bobs Büro«, sagte Alissa, die neben Kim stand. »Die meisten Handys haben hier ja blöderweise keinen Empfang.«

»Das dauert zu lange!« Matt war hinter Franzi aufgetaucht.

»Wir müssen den Brand selbst löschen. Bis die Feuerwehr hier ist, ist die Hütte längst abgefackelt. Das trockene Holz brennt doch wie Zunder!« Er hatte einen knallroten Handfeuerlöscher dabei.
»Wo hast du den denn her?«, fragte Franzi erstaunt.
»Aus der Kantine«, antwortete Matt. »Hat zufällig jemand einen Schal oder ein Halstuch dabei?«
»Ich!« Marie nahm ihren hellgrünen Sommerschal ab und reichte ihn Matt.
Er band sich den Schal vor Mund und Nase, brachte den Feuerlöscher in Position und ging vorsichtig ein paar Schritte auf die Hütte zu. Der Qualm war inzwischen noch stärker geworden. Trotzdem schaffte es Matt, sich der Hütte so weit zu nähern, dass er mit dem Feuerlöscher auf die züngelnden Flammen zielen konnte. Zischend schoss weißer Schaum durch das Fenster. Erst wurden die Flammen kleiner, dann erloschen sie ganz. Doch Matt ging auf Nummer sicher. Er versprühte den gesamten Inhalt des Feuerlöschers in der Hütte, bis das Feuer komplett gelöscht war.
Die anderen Campteilnehmer, die der Aktion gebannt zugesehen hatten, applaudierten. Matt zog sich Maries Schal von Mund und Nase und deutete eine Verbeugung an. Zum Glück war ihm nichts passiert. Sofort scharten sich alle um den Retter und gratulierten ihm zu seinem beherzten Löscheinsatz.
Die drei !!! hielten sich etwas abseits.
»So eine zupackende Art hätte ich Matt gar nicht zugetraut«, sagte Marie.
Kim nickte. »Hut ab, das war wirklich mutig. Ausnahms-

weise hat er seinen großen Worten auch mal Taten folgen lassen.«

Franzi schwieg, aber sie musste sich eingestehen, dass auch sie beeindruckt war. Wer hätte gedacht, dass Matt tatsächlich das Zeug zum Helden hatte? Unwillkürlich begann sie, sich auf die erste Trainingsstunde mit ihm zu freuen. Aber vorher gab es noch etwas anderes zu erledigen. Die Pflicht rief.

»Wir sollten die Hütte mal etwas genauer unter die Lupe nehmen«, schlug Franzi vor. »Ich wüsste gern, wie das Feuer ausgebrochen ist.«

Während nun auch endlich Bob Marten herbeieilte, in der Ferne Feuerwehrsirenen zu hören waren und Ute Toben sich zu Matt durchdrängelte, um den Helden der Stunde zu interviewen, schlüpften die drei !!! unbemerkt in die Hütte. Die Wärme des Feuers lag noch in der Luft, genauso wie ein intensiver Brandgeruch.

»Puh, das stinkt aber!« Marie verzog das Gesicht.

Der Boden war mit einer dicken Schicht weißem Schaum bedeckt, der vermutlich mehr Schaden angerichtet hatte als das Feuer selbst.

»Offenbar ist der Brand im Papierkorb ausgebrochen«, stellte Franzi fest. Sie watete durch den Schaum und begutachtete den völlig verkohlten Papierkorb. Die Gardinen, die direkt darübergehangen hatten, hingen in versengten Fetzen herunter. Auch die Wand dahinter war schwarz.

»Merkwürdig ...« Kim runzelte die Stirn. »Wie konnte das passieren?«

»Das werden wir vermutlich nie erfahren«, stellte Marie fest.

»Immerhin hat das Feuer keinen Totalschaden angerichtet. Es wird zwar eine Weile dauern, bis der Brandgeruch abgezogen ist, aber nach einer gründlichen Säuberung und Renovierung kann man hier bestimmt wieder wohnen.«
»Gut, dass niemand in der Hütte war«, sagte Franzi. »Das war Glück im Unglück. Die Sache hätte wesentlich schlimmer ausgehen können.«
In diesem Moment ertönte eine schrille Stimme von draußen. Die Tür wurde aufgerissen und Sabrina erschien auf der Schwelle. Sie war kreidebleich im Gesicht.
»Das … das darf doch nicht wahr sein!«, stammelte sie. »Was ist denn hier passiert?«
»Ist das etwa deine Hütte?«, fragte Marie.
Aber Sabrina reagierte gar nicht. Sie starrte fassungslos auf das Chaos, das der Brand und die Löschaktion hinterlassen hatten. »Meine Schuhe!« Sie fischte zwei rote Lack-Pumps aus dem Schaum. »Und meine Garderobe!« Die Tür zum Schrank stand auf. Auch die Kleider hatten Schaumspritzer abbekommen – ganz zu schweigen vom Brandgeruch, der sich sicher tief in jede Faser gefressen hatte. »Das ist ja schrecklich«, flüsterte Sabrina. Sie sah aus, als würde sie jeden Moment in Ohnmacht fallen. Aber dann fuhr sie plötzlich herum und rannte nach draußen.
Die drei !!! hatten genug gesehen und verließen ebenfalls die Hütte. Sie kamen gerade noch rechtzeitig, um mitzuerleben, wie sich Sabrina auf den Campleiter stürzte. Natürlich filmte Ute Tobens Team alles mit.
»Würdest du mir das bitte erklären?«, rief Sabrina. Sie deutete auf ihre Hütte.

Bob Marten zuckte hilflos mit den Schultern. »Tut mir leid, ich habe wirklich keine Ahnung …«
»Das ist eine Katastrophe!«, schimpfte Sabrina. »Meine Schuhe, meine komplette Garderobe, meine persönlichen Dinge – alles zerstört!«
»Vielleicht lässt sich das eine oder andere Teil ja noch retten …«, begann der Campleiter, bevor er wieder von der Sängerin unterbrochen wurde.
»Das glaubst du doch selbst nicht. Die Sachen schwimmen entweder in weißem Schaum oder sind total verräuchert.« Sabrina schnappte nach Luft. »Den Schaden wirst du mir ersetzen, das schwöre ich dir. Und das wird nicht billig für dich.«
»Jetzt beruhig dich doch erst mal …« Bob Marten wollte die Situation entschärfen, aber Sabrina ließ ihn immer noch nicht zu Wort kommen.
»Nein, das werde ich nicht!«, keifte sie. »Ich sag dir, was ich jetzt tue: Ich rufe mir ein Taxi und lasse mich zum nächsten Fünf-Sterne-Hotel bringen. Und dort werde ich den Rest der Zeit wohnen, auf Kosten des Camps selbstverständlich.« Sie drehte sich auf dem Absatz um und rauschte davon.
»Herr Marten, wie schätzen Sie die Situation ein?« Ute Toben hielt dem Campleiter das Mikrofon unter die Nase. »Ist dies das Ende des Camps?«
»Kein Kommentar!«, schnauzte der Campleiter, bevor er sich mit eiligen Schritten vor der aufdringlichen Journalistin in Sicherheit brachte.
»Was für ein Chaos«, stellte Marie fest.
Franzi sah sich um. Die Campteilnehmer standen in kleinen

Gruppen zusammen und diskutierten den Vorfall. Die Stimmung war bedrückt. Offenbar konnten die meisten noch gar nicht fassen, was passiert war. Nur zwei Mädchen machten zufriedene Gesichter: die Schwestern Insa und Conny.
»Geschieht dieser arroganten Ziege ganz recht«, murmelte Conny.
Insa nickte. »Genau. Hochmut kommt eben vor dem Fall.«
Franzi drehte sich zu den beiden um. »Ist das euer Ernst? Ihr findet es gut, dass Sabrinas Hütte gebrannt hat? Bei dem Feuer hätte leicht jemand zu Schaden kommen können.«
Conny zuckte ungerührt mit den Schultern. »Ist doch nichts weiter passiert.«
»Es wird Sabrina schon nicht umbringen, wenn sie mal eine Weile dieselben Klamotten tragen muss«, fügte Insa hinzu.
Die drei !!! sahen sich an. Konnte es sein, dass die Schwestern etwas mit dem Brand zu tun hatten? Vor allem Conny schien sehr rachsüchtig zu sein. Aber würde sie so weit gehen, ein Feuer zu legen?
»Clubsitzung in fünf Minuten in unserer Hütte«, raunte Franzi den anderen zu. Kim und Marie nickten.
Nachdenklich verließen die drei !!! den Ort des Geschehens. Eins war klar: Sie hatten eine Menge zu besprechen.

Die drei !!! ermitteln

<u>Detektivtagebuch von Kim Jülich</u>
<u>Dienstag, 21:13 Uhr</u>
Hier im Rock Camp *scheint sich tatsächlich ein neuer Fall anzubahnen. Es gehen merkwürdige Dinge vor sich.*
Folgende Fragen müssen wir unbedingt klären:

- *Wer hat die Kakerlaken in der Kantine ausgesetzt?*
- *Wurde das Feuer in Sabrinas Hütte von einem Brandstifter gelegt?*
- *Geht ein Dieb im Camp um, der Handys und Portemonnaies stiehlt?*

Für mich sieht es ganz so aus, als würde jemand das Camp bewusst sabotieren. Aber wer? Ganz oben auf unserer Verdächtigen-Liste steht Ute Toben. Die Journalistin hat heute live in den Abendnachrichten über das Feuer berichtet und dabei alles furchtbar aufgebauscht. Sabrina wurde interviewt und hat schwere Vorwürfe gegen Bob erhoben. Ihrer Meinung nach ist er mit der Leitung des Camps völlig überfordert. Hat Ute Toben das Feuer gelegt, um eine wahrhaft heiße Story zu bekommen?
Oder waren es Conny und Insa, die sich an Sabrina rächen wollten?
Oder hat vielleicht sogar Sabrina selbst den Brand gelegt, um endlich ins Hotel ziehen und Bob Marten eins auswischen zu können?
So viele Verdächtige – eine echte Herausforderung für die drei !!!.
Wir werden natürlich allen Spuren nachgehen. Gleich mor-

gen beginnen wir mit den Ermittlungen. Ich kann's kaum erwarten!

Geheimes Tagebuch von Kim Jülich
Dienstag, 21:31 Uhr
Achtung: Lesen für Unbefugte (alle außer Kim Jülich) streng verboten! Letzte Warnung!!! Wer sich nicht daran hält, haftet selbst für die Folgen …
Heute musste ich Michi leider versetzen. Eigentlich wollten wir nach dem Abendessen noch in den See springen, aber dann kamen der Brand und die Clubsitzung dazwischen. Michi war ziemlich enttäuscht und ist allein schwimmen gegangen. Muss ich ein schlechtes Gewissen haben? Er hat so ein trauriges Gesicht gemacht, als ich ihm abgesagt habe, dass es mir einen richtigen Stich versetzt hat. Werden wir selbst hier von unseren alten Problemen eingeholt? Ich kann mich doch nicht zerreißen!
Außerdem ist da noch etwas, das mir zu denken gibt. Heute in der Kantine hab ich mitbekommen, wie ein paar Mädchen von dem süßen Küchenjungen geschwärmt haben. Sie meinten Michi!!! Offenbar ist er bei den Campteilnehmerinnen sehr beliebt. Beim Abendessen hat ihm sogar Cherry verführerisch zugelächelt, als er die Suppe verteilt hat. Sie hat doch tatsächlich versucht, mit ihm zu flirten! Ich stand etwas weiter hinten und habe alles mitbekommen. Will Cherry etwas von Michi? Oder leide ich jetzt schon unter Verfolgungswahn?

Am nächsten Morgen hastete Franzi zur Kantine. Sie war spät dran, weil sie beim Joggen zufällig Justin C getroffen hatte, der ihr eine etwas größere Runde durch den Wald gezeigt hatte. Die Strecke war wunderschön, führte aber nicht am See vorbei. Insgeheim hatte Franzi gehofft, Tom dort wieder zu treffen und ein wenig mit ihm plaudern zu können. Seit ihrer ersten Begegnung hatte sie öfter an ihn denken müssen und ab und zu nach ihm Ausschau gehalten. Leider waren sie sich nicht über den Weg gelaufen. Das Frühstück war fast vorbei, als Franzi den Speisesaal betrat.
»Wo hast du denn gesteckt?«, fragte Marie leicht verärgert. »Wir wollten doch Conny und Insa vor den Workshops befragen.«
»Ich weiß.« Franzi machte ein schuldbewusstes Gesicht. »Das Joggen hat länger gedauert als geplant. Tut mir leid. Wo sind denn die beiden Verdächtigen?«
»Dort drüben.« Kim nickte zum Nachbartisch. Conny und Insa räumten gerade ihr schmutziges Geschirr zusammen. Dann steuerten sie auf den Ausgang zu.
»Hinterher!«, zischte Marie.
»Aber ich hab noch gar nichts gegessen«, protestierte Franzi.
»Darauf können wir jetzt leider keine Rücksicht nehmen.« Marie sprang auf und Kim erhob sich ebenfalls.
Seufzend griff Franzi nach einem trockenen Brötchen, das auf dem Tisch zurückgeblieben war, und folgte ihren Freundinnen.
Kaum waren sie draußen, rief Marie: »Conny! Insa! Wartet mal bitte einen Moment.«
Die Schwestern blieben stehen. »Was ist denn los?«

»Wir müssen mit euch reden.« Marie zog eine Visitenkarte aus ihrer Hosentasche und reichte sie Conny. »Wir sind Detektivinnen und ermitteln wegen des Feuers gestern.« Conny und Insa wechselten einen überraschten Blick, dann studierten sie die Karte.

»Ihr seid echte Detektivinnen?«, fragte Insa verdutzt. »Cool!« Franzi kam gleich zur Sache. »Wir versuchen herauszufinden, ob der Brand in Sabrinas Hütte absichtlich gelegt wurde.« Conny runzelte die Stirn. »Du meinst, Brandstiftung?« Kim nickte. »Das wäre durchaus möglich. Wo wart ihr eigentlich, als das Feuer ausbrach?«

»Wieso?« Insa lachte etwas verunsichert. »Sind wir etwa verdächtig?«

»Das ist eine reine Routinefrage«, erklärte Marie schnell. »Wir werden sie den anderen auch noch stellen. Ihr seid doch nach dem Workshop gleich abgehauen, oder? Wohin?«

»Erst sind wir zu unserer Hütte gegangen und dann zum See«, antwortete Insa. »Wir wollten ein bisschen schwimmen.«

»Aber auf halbem Weg haben wir den Brandgeruch bemerkt und gehört, wie jemand ›Feuer‹ gerufen hat«, fügte Conny hinzu. »Da sind wir schnell umgekehrt, um nachzusehen, was los ist.«
»Ihr habt euch also bei Ausbruch des Feuers nicht in der Nähe der Hütte befunden?«, hakte Kim nach.
Insa schüttelte den Kopf. »Als wir bei Sabrinas Hütte ankamen, hat es bereits gebrannt.«
»Hat euch auf dem Weg zum See zufällig jemand gesehen?«, wollte Marie wissen.
»Ich glaube nicht.« Conny überlegte. »Oder doch, jetzt fällt es mir wieder ein. Auf dem Waldweg ist uns ein Typ begegnet. Er hat kurz Hallo gesagt und ist dann weitergegangen.«
»Kennst du ihn?«, fragte Kim interessiert. »War es jemand aus dem Camp?«
»Nein, ich hab ihn noch nie vorher gesehen«, antwortete Conny.
»Vielleicht ein Spaziergänger«, vermutete Insa.
»Also keine Zeugen …«, murmelte Kim. Sie zog ihr Detektivtagebuch hervor und machte sich ein paar Notizen.
»Ihr glaubt doch nicht etwa, dass wir den Brand gelegt haben, oder?« Conny sah die drei !!! scharf an.
»Immerhin hättet ihr ein gutes Motiv«, gab Marie zu bedenken. »Rache!«
»Wir mögen Sabrina nicht besonders«, sagte Insa. »Aber deshalb würden wir doch nicht ihre Hütte in Brand stecken.«
»Wirklich nicht?« Franzi ließ die Schwestern nicht aus den Augen. Sagten sie die Wahrheit? Oder war ihr unschuldiges

Getue nur eine gut gespielte Show, um die Detektivinnen zu verwirren?
»Glaubt doch, was ihr wollt«, sagte Conny unwirsch. »Komm, Insa, wir gehen.« Sie hakte sich bei ihrer Schwester ein und die beiden verschwanden zwischen den Hütten.
»Jetzt sind wir leider nicht viel schlauer«, stellte Marie fest. »Vielleicht sagen Conny und Insa die Wahrheit. Aber vielleicht lügen sie auch. Schade, dass sie keine Zeugen haben.«
»Bis auf diesen mysteriösen Spaziergänger«, erinnerte sie Kim.
»Den können sie sich genauso gut ausgedacht haben«, gab Franzi zu bedenken. »Um nicht völlig ohne Alibi dazustehen.«
Marie warf einen Blick auf ihre Armbanduhr. »Leute, wir müssen los. Gleich fangen die Workshops an.«
Die drei !!! verabschiedeten sich schnell voneinander und eilten in unterschiedliche Richtungen davon.

Der Tag war ausgefüllt mit Tanztraining, Stimmübungen, Chorgesang und anderen Aktivitäten. Die Workshop-Leiter trieben ihre Schüler unbarmherzig an. Allmählich wurde der Konkurrenzkampf zwischen den Teilnehmern immer härter. Kein Wunder, denn alle hatten dasselbe Ziel: beim Abschlusskonzert die Teilnahme am *Summer-Rock-Festival* zu gewinnen. Dieser Preis war Ansporn genug, um sich ordentlich ins Zeug zu legen.
Als Franzi abends den Speisesaal betrat, tat ihr jeder einzelne Knochen weh. Justin C hatte stundenlang die neue Choreo mit ihnen geübt und seinen Schülern nur ab und zu eine kurze Pause gegönnt.

Franzi nickte Michi zu, der wieder mal Dienst an der Essensausgabe hatte, und holte sich schnell einen Teller Salat. Es war sommerlich warm draußen und sie hatte Lust auf einen leichten Snack. Als sie an ihren Tisch kam, ließen sich Marie und Kim, die inzwischen ebenfalls eingetroffen waren, gerade auf ihren Stühlen nieder. Die beiden sahen ziemlich erschöpft aus.

»War's bei euch auch so anstrengend?«, erkundigte sich Franzi.

Kim nickte. »Erst hat Nick uns ewig Stimmübungen machen lassen, dann haben wir gemeinsam einen neuen Song einstudiert. Hat echt Spaß gemacht, aber ich musste mich die ganze Zeit total konzentrieren, um meinen Einsatz nicht zu verpassen.«

»Sabrina hat uns auch ganz schön getriezt.« Marie zog eine Grimasse. »Wahrscheinlich war sie immer noch schlecht gelaunt wegen des Feuers gestern. Und wie ist es bei dir gelaufen, Franzi?«

»Das Training war hart, aber gut«, berichtete Franzi. »Wenn diese blöde Cherry nicht wäre, wäre der Workshop ein echter Knaller.«

»Was hat sie sich denn heute wieder geleistet?«, erkundigte sich Kim.

Franzis Miene verdüsterte sich. »Ob ihr's glaubt oder nicht: Cherrys neueste Theorie ist, dass ich Justin C schöne Augen mache, damit er beim Abschlusskonzert für mich stimmt.«

»Was?« Marie schüttelte ungläubig den Kopf. »Das gibt's doch nicht! Wie kommt sie denn darauf?«

Franzi seufzte. »Sie hat gesehen, wie wir heute Morgen gemeinsam aus dem Wald gekommen sind. Ich hab Justin doch zufällig beim Joggen getroffen. Jedenfalls hat Cherry ihre fiesen Unterstellungen lautstark vor dem ganzen Kurs ausposaunt. Alle konnten es hören! Ich hätte ihr am liebsten den Mund zugehalten.«

»Mach dir nichts draus«, sagte Kim tröstend. »Der glaubt doch sowieso niemand.«

Franzi war sich da nicht so sicher. »Irgendwas bleibt immer hängen. Außerdem ist es unfair, völlig aus der Luft gegriffene Gerüchte über jemanden zu verbreiten. Na ja, ich hab ihr jedenfalls ordentlich die Meinung gesagt. Am Schluss haben alle über sie gelacht. Cherry war stinksauer und hat Rache geschworen.« Franzi grinste. Sie nahm die Drohung nicht allzu ernst.

Kim machte ein besorgtes Gesicht. »Meinst du, es ist eine gute Idee, sich mit Cherry anzulegen? Dadurch stachelst du sie nur noch mehr an. Wer weiß, was sie sich als Nächstes einfallen lässt.«

Franzi winkte ab. »Die dumme Kuh verbreitet doch nur heiße Luft.« Sie schob sich eine Gabel Salat in den Mund.

Hätte Franzi gewusst, was für einen fiesen Plan Cherry in diesem Moment ausheckte, wäre ihr der Salat vermutlich im Hals stecken geblieben …

Nach dem Abendessen schlüpfte Kim durch den Personaleingang in die Küche. Michi stand an der Spüle und säuberte gerade den riesigen Suppentopf.

»Hi!« Er begrüßte Kim mit einem Lächeln. »Was machst du denn hier?«

»Ich wollte mich noch mal entschuldigen, dass ich dich gestern versetzt habe«, sagte Kim. »Sollen wir unser Bad im See heute nachholen? Franzi hat ein Extra-Training mit Matt, und Marie will sich ausruhen. Ich hätte also Zeit. Was meinst du?«
Michi machte ein bedauerndes Gesicht. »Tut mir leid, aber heute geht es nicht.«
»Warum denn nicht? Musst du Überstunden machen?«
»Na ja … das nicht gerade …« Michi sah plötzlich verlegen aus.
Ehe Kim nachhaken konnte, tauchte der Küchenchef hinter ihnen auf. »Ich brauch dich gleich noch mal am Herd, Michi«, sagte er. »Diese unverschämte Angelina ist einfach eine halbe Stunde früher gegangen, dabei sind die Klöße für morgen noch nicht fertig. Außerdem muss das Gemüse für den Auflauf geschnitten werden. Ich weiß wirklich nicht, was sie sich dabei denkt! So eine schlechte Aushilfe ist mir in meiner ganzen Laufbahn nicht begegnet.«
»Ich komme gleich.« Michi spülte hastig den Topf ab.
»Und was hast *du* in meiner Küche zu suchen?« Der Küchenchef musterte Kim mit kaum verhohlenem Missfallen.
»Ich … ich wollte nur kurz zu Michi«, stotterte Kim. »Bin schon wieder weg.«
»Das will ich auch hoffen«, brummte Michis Chef.
Michi zuckte bedauernd mit den Schultern. »Sorry, aber du siehst ja, was hier los ist. Wir sprechen uns morgen, okay?«
Kim nickte etwas enttäuscht und gab Michi einen schnellen Kuss. Dann verließ sie die Küche.

Chaos der Gefühle

»Da bist du ja endlich! Weißt du eigentlich, wie lange ich auf dich gewartet habe?« Matt kam im Halbdunkel des Trainingsraums auf Franzi zu. Sein verführerisches Lächeln ließ ihre Knie weich werden.
»Lange genug.« Franzi schlang die Arme fest um seinen Hals.
»Das finde ich auch«, flüsterte Matt. Dann versanken sie in einem langen Kuss. Die Welt um sie herum war plötzlich nicht mehr wichtig. Wichtig waren nur sie beide. Matt und Franzi, Franzi und Matt …
Franzi fuhr hoch. Sie atmete schwer, um sie herum herrschte Dunkelheit. Erst nach ein paar Sekunden wusste sie wieder, wo sie sich befand. Sie lag in ihrer Hütte im Bett. Rechts von ihr waren Kims ruhige Atemzüge zu hören, auf der anderen Seite murmelte Marie leise im Schlaf.
Mit einem Seufzer ließ sich Franzi zurück in ihr Kissen sinken. Es war nur ein Traum gewesen! Sie hatte von Matt geträumt. Franzi lächelte. Die Bilder waren so real gewesen, dass sie seine Lippen immer noch auf ihren spüren konnte. Sie musste an ihre gestrige Trainingsstunde denken. Wider Erwarten hatte es richtig Spaß gemacht, mit Matt zu tanzen. Franzi hatte mit der Zeit völlig vergessen, dass sie Matt eigentlich nicht mochte. Wenn sie mit ihm allein war, war er ganz anders als sonst. Er hatte kein bisschen angegeben, sondern sich ganz aufs Tanzen konzentriert. Sie waren quer durch den Raum gewirbelt, bis sie kaum noch Luft beka-

men, hatten sich gegenseitig neue Moves beigebracht und sich zu immer neuen Höchstleistungen angestachelt.
Nach dem Training hatten sie noch ein bisschen gequatscht. Franzi hatte festgestellt, dass man mit Matt wunderbar herumblödeln konnte. So viel hatte sie schon lange nicht mehr gelacht. Leider war dann Justin C aufgetaucht, der auch eine abendliche Trainingsstunde einlegen wollte, und hatte ihr kleines Tête-à-Tête beendet. Ob sie sich sonst noch geküsst hätten? So wie in Franzis Traum? Matt hätte bestimmt nichts dagegen gehabt. Und sie selbst? Franzi war sich nicht sicher. Konnte es tatsächlich sein, dass sie sich in Matt verliebt hatte? Aber er war doch überhaupt nicht ihr Typ!
Die verwirrenden Gedanken ließen Franzi nicht wieder einschlafen. Sie wälzte sich im Bett hin und her, bis das erste Tageslicht durch die Gardinen sickerte. Dann stand sie auf und schlüpfte in ihre Laufklamotten. Eine ausgedehnte Runde im morgendlichen Wald würde schon dafür sorgen, dass sie wieder einen klaren Kopf bekam. Schließlich war sie zum Tanzen hier und nicht, um mit irgendwelchen Jungs zu flirten.
Auf Zehenspitzen schlich Franzi aus der Hütte. Draußen begann sie sofort zu laufen. Ganz automatisch schlug sie den Weg zum See ein. Unter den Joggingsachen trug sie ihren Badeanzug. Vielleicht würde sie kurz ins Wasser springen, um sich zu erfrischen. Ja, das war eine gute Idee. Genau das Richtige nach einer halb durchwachten Nacht.
Franzi beschleunigte ihre Schritte. Bald sah sie das dunkle Wasser zwischen den Bäumen glitzern. Sie lief bis zu dem

schmalen Sandstreifen am Ufer. Unwillkürlich suchte sie die Wasseroberfläche nach einem einsamen Schwimmer ab, doch es war niemand da. Sie war allein. Franzi schluckte ihre Enttäuschung hinunter. Erst jetzt wurde ihr bewusst, wie sehr sie sich gewünscht hatte, Tom wiederzusehen. Warum geisterte er immer noch durch ihre Gedanken?

Hör endlich auf, dich wie eine dumme Gans zu benehmen, schalt Franzi sich selbst. Sie schlüpfte aus ihren Klamotten und watete ins Wasser. Es war eiskalt. Franzi nahm all ihren Mut zusammen und tauchte unter. Die Wellen schlugen über ihr zusammen und nahmen ihr für einen Moment den Atem. Es war, als würden ihre Lungen plötzlich zusammengepresst. Sie kam wieder an die Oberfläche und schnappte nach Luft.

»Ganz schön kalt, was?« Tom stand am Ufer und lachte. Franzi bemerkte erleichtert, dass er diesmal eine Badehose trug. »Ich hatte schon Angst, dass du nicht mehr auftauchst und ich dich retten muss.«

Franzi versuchte krampfhaft, nicht mit den Zähnen zu klappern. »Kein Problem, mir geht's gut.«

Allmählich gewöhnte sie sich an das kalte Wasser und hörte auf zu frieren. Oder war es Toms Anblick, der warme Wellen durch ihren Körper schickte? Franzi war selbst überrascht, wie sehr sie sich darüber freute, ihn zu sehen. Plötzlich hatte sie das Gefühl, vor Energie zu platzen.

»Wie wär's mit einem Wettschwimmen?«, rief sie Tom zu. »Oder traust du dich nicht?«

Tom grinste. »Und ob! Ich nehme die Herausforderung an.«

Er machte einen flachen Kopfsprung in den See und kraulte

zu Franzi hinüber. »Bis zu der kleinen Insel dort drüben, okay?« Er zeigte auf einen flachen, mit Gras und Bäumen bewachsenen Erdhügel in der Mitte des Sees.

»Auf die Plätze, fertig, los!« Franzi stieß sich kräftig mit den Füßen ab und schwamm davon. Sie war eine gute Schwimmerin und sie gab alles. Aber Tom war auch ziemlich fit. Es wurde ein Kopf-an-Kopf-Rennen, das Tom schließlich knapp für sich entschied.

Als er die Insel erreicht hatte, reckte er die Faust in die Luft. »Gewonnen!«

Franzi ließ sich neben ihm ins Gras fallen. »Nicht schlecht«, keuchte sie. »Du trainierst bestimmt regelmäßig, oder?«

Tom nickte. »Ich schwimme jeden Morgen eine Stunde. Früher war ich im Schwimmverein, aber dafür hab ich jetzt leider keine Zeit mehr.«

Franzi betrachtete ihn von der Seite. Ein trauriger Ausdruck zog wie eine dunkle Wolke über sein Gesicht. Plötzlich hatte sie das dringende Bedürfnis, mehr über ihn zu erfahren. »Warum hast du keine Zeit mehr?«, fragte sie interessiert.

»Ach, ich hab meistens ziemlich viel um die Ohren«, antwortete er ausweichend. Dann lächelte er Franzi zu. »Aber ich will dich nicht mit meinen Problemen langweilen. Erzähl mir lieber was von dir. Wie gefällt es dir im Camp?«

Franzi berichtete von Justin C und dem Tanztraining. Tom hörte aufmerksam zu. »Du bist bestimmt eine super Tänzerin«, bemerkte er. »Ich kann mir gut vorstellen, wie du über die Bühne wirbelst.«

Franzi wurde rot. Merkwürdigerweise zweifelte sie keine Sekunde an der Aufrichtigkeit von Toms Worten – dabei hatte sie sonst immer Probleme, Komplimente von Jungs anzunehmen. Aber Tom sagte einfach nur, was er dachte, nicht mehr und nicht weniger. Sein Blick machte Franzi nervös. Sie merkte, wie ihr Herz schneller schlug und ihre Hände feucht wurden. Was war nur los mit ihr? Schnell wechselte sie das Thema und kam auf die merkwürdigen Ereignisse im Camp zu sprechen. Natürlich hatte Tom von dem Feuer gehört.

»Sabrina ist bestimmt total ausgerastet, oder?« Er grinste. »Dass ihre Garderobe nicht mehr zu gebrauchen ist, muss ja wie ein Weltuntergang für sie sein.«

»Kennst du sie persönlich?«, fragte Franzi überrascht.

Tom schüttelte den Kopf. »Nicht direkt. Wir sind uns nur irgendwann mal zufällig über den Weg gelaufen.«

Franzi runzelte die Stirn. Wo lief man denn einem Star wie Sabrina zufällig über den Weg? Aber Tom ließ ihr keine Zeit, der Sache auf den Grund zu gehen.

»Wie ist das Feuer eigentlich ausgebrochen?«, erkundigte er sich. »Weiß man schon etwas darüber?«

»Leider nicht«, antwortete Franzi. »Die Brandursache liegt noch völlig im Dunkeln. Es gibt allerdings zwei Mädchen im Camp, denen der Zwischenfall sehr gelegen kam.« Sie berichtete schnell von Connys und Insas Streit mit Sabrina. »Die beiden könnten etwas mit dem Feuer zu tun haben. Allerdings behaupten sie, zur Tatzeit auf dem Weg zum See gewesen zu sein. Leider gibt es dafür keine Zeugen.«

Tom runzelte die Stirn. »Wie sehen die beiden aus?« Nachdem Franzi die Schwestern beschrieben hatte, nickte er. »Ich hab sie gesehen. Sie waren gestern Nachmittag wirklich un-

terwegs zum See. Sie sind mir entgegengekommen, als ich zur Hütte meines Vaters gegangen bin.«
»Ehrlich?« Franzi richtete sich auf. »Dann haben sie sich den geheimnisvollen Spaziergänger also doch nicht ausgedacht! Conny und Insa haben die Wahrheit gesagt.«
Tom nickte. »Sieht ganz so aus.«
»Damit fallen sie als Verdächtige weg«, murmelte Franzi. Das musste sie unbedingt so schnell wie möglich Kim und Marie erzählen. Diese Information warf ein völlig neues Licht auf den Fall.
»Bob Marten kann einem wirklich leidtun«, bemerkte Tom.
Franzi zog eine Augenbraue hoch. »Wie meinst du das?«
»Er hat so viel für das Camp getan, es jahrelang aufgebaut und angesehene Musiker als Lehrer engagiert – und jetzt so was! Durch das Feuer ist das Camp ganz schön in die negativen Schlagzeilen geraten. Wenn das so weitergeht, ist sein guter Ruf bald ruiniert.«
»Du scheinst dich auszukennen«, sagte Franzi. »Woher weißt du das alles?«
Tom winkte ab. »Ach, das hab ich so aufgeschnappt. Mein Vater arbeitet schon seit Jahren als Gärtner hier, er kennt Bob und die Verhältnisse im Camp ziemlich gut.«
»Aha.« Franzi fand diese Erklärung nicht besonders befriedigend. Irgendetwas verschwieg Tom, das spürte sie ganz genau.
Doch bevor sie nachhaken konnte, fragte er: »Sag mal, musst du nicht zurück? Sonst verpasst du noch das Frühstück.«
Franzi fuhr der Schreck in die Glieder. Sie hatte sich so gut mit Tom unterhalten, dass sie völlig die Zeit vergessen hatte.

»Mist!«, fluchte sie und sprang auf. »Du hast recht! Lass uns schnell zurückschwimmen.«
Diesmal gelangte Franzi als Erste ans Ufer. Sie schlüpfte hastig in ihre Laufklamotten, winkte Tom zum Abschied zu und spurtete los.

Ein gemeiner Diebstahl

Franzi schaffte es gerade noch, einen Abstecher zu ihrer Hütte zu machen, um in trockene Klamotten zu schlüpfen, dann war es auch schon Zeit fürs Frühstück. Während sie zur Kantine lief, ging ihr die Unterhaltung mit Tom im Kopf herum. Dabei beschäftigte sie weniger, was er gesagt hatte, sondern vielmehr, wie er es gesagt hatte. Sie hatte immer noch seine weiche, melodische Stimme im Ohr und fühlte seinen ruhigen, aufmerksamen Blick auf ihrer Haut. Es ließ sich nicht leugnen: Seine leicht geheimnisvolle Aura zog sie magisch an. Gleichzeitig machte sich ein freudiges Kribbeln in ihrem Magen bemerkbar, als sie daran dachte, dass sie Matt gleich beim Workshop wiedersehen würde. Tom und Matt, unterschiedlicher konnten zwei Jungs kaum sein. Warum fühlte sich Franzi trotzdem zu beiden hingezogen? Das war doch total verrückt! Hatte sie sich etwa in zwei Jungs gleichzeitig verliebt? Franzi schüttelte ärgerlich den Kopf. Was für ein Chaos!

Als sie den Speisesaal betrat, wurden ihre Gedanken abrupt unterbrochen. Kim sprang auf und stürzte auf Franzi zu.

»Hast du meinen Laptop ausgeliehen?«, fragte sie, ohne sich mit einem »Hallo« oder »Guten Morgen« aufzuhalten.

Franzi schüttelte den Kopf. »Nein, ich war joggen. Wieso?«

Kim ließ die Schultern hängen. »Er ist weg!« Ihre Stimme zitterte leicht. »Als Marie und ich nach dem Aufstehen zu den Duschen gegangen sind, stand er noch auf dem Schreibtisch, aber als wir wiederkamen, war er verschwunden.«

Franzi runzelte die Stirn. »Bist du sicher? Vielleicht hast du ihn einfach woanders hingestellt und es vergessen.«
»Nein!«, widersprach Kim bestimmt. »Auf keinen Fall. Außerdem haben Marie und ich schon alles abgesucht. Wenn du ihn dir nicht ausgeliehen hast, bleibt nur eine Möglichkeit: Jemand hat den Laptop gestohlen.«
Franzi konnte es kaum glauben. »Unmöglich! Wer macht denn so was?«
»Derselbe, der auch Alissas Handy, Leonards Portemonnaie und die anderen Sachen geklaut hat«, sagte Kim traurig.
Franzi horchte auf. »Welche anderen Sachen?«
»Hast du den Aushang noch nicht gesehen?« Kim zeigte auf einen signalroten Zettel am Schwarzen Brett.
Franzi trat näher heran und las den kurzen Text:

ACHTUNG!

Aus gegebenem Anlass muss ich alle Campteilnehmer bitten, ihre Wertsachen gut im Auge zu behalten. In den letzten Tagen sind verschiedene Dinge verschwunden, unter anderem ein Handy, ein Portemonnaie, eine wertvolle Kette und ein goldener Ring.
Bitte lasst nichts unbeaufsichtigt liegen und deponiert eure Wertgegenstände gegebenenfalls im Bürosafe der Campleitung.
Vielen Dank für eure Mithilfe!
Bob Marten
(Campleiter)

»Das gibt's doch nicht!« Franzi schüttelte fassungslos den Kopf. »Dann geht also tatsächlich ein Dieb im Camp um.«

Kim seufzte. »Und dieser Dieb hat sich meinen Laptop unter den Nagel gerissen. Mitsamt Detektivtagebuch!«
»Mist, daran hab ich noch gar nicht gedacht.« Franzi wurde bleich vor Schreck.
»Zum Glück ist das Detektivtagebuch mit einem Passwort gesichert«, sagte Kim. »Wenn der Dieb nicht gerade ein Computer-Experte ist, wird er es bestimmt nicht so leicht knacken können.«
»Immerhin etwas«, murmelte Franzi erleichtert.
Kim und Franzi gingen zu ihrem Tisch, an dem Marie bereits auf sie wartete. Sie stocherte in ihrem Müsli herum und begrüßte Franzi mit einem schiefen Lächeln. »Na, hast du schon von unserem Schock am frühen Morgen gehört? Was sagst du dazu?«
»Dass wir diesen dreisten Dieb unbedingt fassen müssen. Vielleicht sollten wir ihm eine Falle stellen.« Franzi griff gedankenverloren nach dem Rosinenbrötchen auf Maries Tablett und begann, kleine Stücke davon abzurupfen und sich in den Mund zu stecken. »Was meint ihr?«
Marie hatte sich gerade einen Löffel Müsli in den Mund geschoben und nickte nur. Kim reagierte nicht. Sie schien einer Unterhaltung am Nachbartisch zu lauschen. Dort berichtete Cherry gerade von einem Date, das sie am vergangenen Abend gehabt hatte. Unwillkürlich spitzte auch Franzi die Ohren.
»Es war total romantisch!«, schwärmte Cherry. »Wir sind im Wald spazieren gegangen und haben uns unterhalten. Einmal haben sich sogar unsere Hände berührt! Das war bestimmt kein Zufall …«

»Habt ihr euch geküsst?«, fragte Peggy neugierig.
Cherry schüttelte den Kopf. »Noch nicht. Aber vielleicht passiert es ja heute Abend. Wir haben uns zu einer Bootstour verabredet. Ich hole Michi nach seinem Dienst in der Küche ab.« Sie seufzte. »Der Typ ist einfach zum Anbeißen, Peggy. Ein bisschen schüchtern vielleicht, aber das finde ich gerade süß ...«
Franzi traute ihren Ohren kaum. Hatte Cherry tatsächlich Michis Namen erwähnt? Aber das war doch nicht möglich! Kim und Marie hatten es auch gehört.
Kim war aschfahl im Gesicht. »Ich glaube, mir wird schlecht. Ich muss mal kurz an die frische Luft ...« Leicht schwankend verließ sie den Speisesaal.
Marie und Franzi sprangen auf und folgten ihr. Kim war vor der Tür stehen geblieben und atmete tief ein und aus.
»Alles in Ordnung?«, erkundigte sich Franzi. »Setz dich lieber einen Moment hin. Du siehst aus, als würdest du gleich umkippen.«
Kim ließ sich auf einer Holzbank nieder, die vor der Kantine in der Morgensonne stand. Sie sah Franzi und Marie ungläubig an. »Habt ihr das gehört? Cherry und Michi hatten gestern ein Date. Darum hatte Michi keine Zeit für mich! Und ich dachte, er muss Überstunden machen. Ich dumme Kuh hab ihn sogar noch bedauert!«
»Das muss ein Missverständnis sein«, sagte Franzi. »Michi würde sich nie im Leben hinter deinem Rücken mit einem anderen Mädchen treffen. Schon gar nicht mit dieser arroganten Ziege.«
»Vielleicht hat Cherry einfach gelogen«, überlegte Marie.

Kim schüttelte den Kopf. »Warum sollte sie? Sie hat doch gar nicht gemerkt, dass ich direkt hinter ihr sitze und alles mitbekomme.« Eine Träne rollte über ihre Wange. »Cherry steht auf Michi, das hab ich letztens schon mitbekommen. Sie hat an der Essensausgabe ganz offen mit ihm geflirtet. Und anscheinend steht er auch auf sie.«
Marie strich Kim sanft über den Rücken. »Du solltest mit Michi reden. Ihr müsst klare Verhältnisse schaffen.«
»Genau.« Franzi nickte zustimmend. »Er soll dir selbst sagen, was los ist.«
Kim schüttelte den Kopf. »Das schaffe ich nicht«, murmelte sie. Sie wischte sich die Tränen aus dem Gesicht und straffte die Schultern. »Außerdem finde ich, dass er von sich aus von dem Date erzählen müsste. Wenn er nicht den Mut dazu hat, kann er mir sowieso gestohlen bleiben.« Allmählich schien sich der erste Schock zu legen. Kims Augen blitzten wütend. »Eine Unverschämtheit, direkt vor meiner Nase etwas mit dieser Cherry anzufangen. Was denkt sich Michi nur dabei?«
Darauf wussten weder Marie noch Franzi eine Antwort.
»Und was willst du jetzt tun?«, fragte Franzi.
»Mir fällt schon was ein. So leicht kommt Michi jedenfalls nicht davon.« Kim stand auf. »Aber jetzt kümmere ich mich erst mal um meinen Laptop. Kommt ihr mit zur Campleitung? Wir müssen den Diebstahl melden. Wenn wir uns beeilen, schaffen wir es noch, bevor die Workshops anfangen.«
Kim und Marie nickten. Gemeinsam machten sie sich auf den Weg.

Die Tür zu Bob Martens Büro war nur angelehnt. Kim klopfte leise. Als niemand antwortete, stieß sie die Tür auf und rief halblaut: »Hallo? Ist hier jemand?«
Keine Antwort. Das Büro war leer.
Kim drehte sich zu Franzi und Marie um. »Niemand da. Sollen wir später wiederkommen?«
»Lass uns noch einen Moment warten«, schlug Marie vor. »Vielleicht kommt Bob ja gleich zurück. Hey, seht euch das an!« Sie betrat das Büro und betrachtete fasziniert die vielen Fotos an den Wänden. Die meisten zeigten Bob Marten mit verschiedenen Bands und Musikern. »Das sind doch die Stones!«, rief Marie bewundernd. »Und das ist Joe Cocker. Wahnsinn! Bob scheint wirklich alle Größen des Musikgeschäfts zu kennen.«
Kim interessierte sich nicht sonderlich für die Star-Bekanntschaften des Campleiters. Stattdessen sah sie sich ein bisschen im Büro um. Es war klein und ziemlich verkramt. Auf dem Schreibtisch stapelten sich Briefe und Unterlagen, die Regale waren mit Aktenordnern und unordentlichen Papierstapeln vollgestopft. Ein Brief, der ganz oben auf dem Schreibtisch lag, erregte Kims Aufmerksamkeit. Einige Textzeilen waren mit rotem Marker angestrichen worden und darunter stand in wütender Schrift: *Niemals!* Neugierig begann Kim zu lesen.
»Hey, was ist denn das?« Franzi hatte ebenfalls etwas entdeckt. Als sie sich auf einen staubigen Korbsessel hatte setzen wollen, war sie gegen einen zerbeulten, dunkelgrünen Kanister gestoßen, der halb versteckt in der Ecke neben dem Sessel stand. Franzi schraubte den Deckel ab. Sofort stieg ihr ein

stechender Geruch in die Nase. »Benzin!«, rief sie überrascht. »Warum hat Bob denn einen Benzinkanister in seinem Büro?«
Marie runzelte die Stirn. »Das ist merkwürdig. Meint ihr, er könnte etwas mit dem Brand in Sabrinas Hütte zu tun haben?«
»Ich weiß nicht ... Warum sollte er das tun?«, überlegte Franzi laut. »Weil Sabrina ihn mit ihren Starallüren genervt hat? Das ist als Motiv reichlich schwach ...«
»Es gibt noch ein anderes Motiv.« Kim schwenkte den Brief, den sie gerade gelesen hatte. »Bob wird nicht mehr lange Campleiter sein. Ihm wurde gekündigt.«
»Was?« Franzi machte große Augen. »Wieso denn?«
»Die Stiftungsvorsitzenden, die das Camp finanzieren, wollen einen Jüngeren einstellen«, erklärte Kim. »Dies ist Bobs letzter Sommer im Camp. Und er scheint keineswegs einverstanden mit der Kündigung zu sein.« Sie zeigte auf das flammend rote *Niemals!* unten auf der Seite. »Wenn ich das richtig verstanden habe, hat er sogar Widerspruch eingelegt, allerdings ohne Erfolg.«
Marie schüttelte den Kopf. »Und hier tut er so, als wäre alles in bester Ordnung. Er hat seine Kündigung die ganze Zeit verschwiegen.«
»Na ja, das alleine ist noch kein Verbrechen«, gab Franzi zu bedenken. »Vielleicht will er einfach nicht darüber reden.«
»Das ist noch nicht alles.« Kim hielt ein anderes Blatt hoch. »Bob hat mehrere Beschwerdebriefe an die Stiftung geschrieben, in denen er die Vorsitzenden zum Teil wüst beschimpft. Seiner Meinung nach ist das Camp ohne ihn nichts wert.

Hier schreibt er sogar, er würde sein geliebtes Camp lieber geschlossen sehen, als es einem anderen Leiter zu überlassen.«
»Das klingt ziemlich verdächtig«, sagte Marie. »Auch wenn ich mir gar nicht vorstellen kann, dass Bob so etwas geschrieben hat. Er wirkt immer so gut gelaunt und ausgeglichen.«
Kim zuckte mit den Schultern. »Man weiß nie, was tatsächlich in einem Menschen vorgeht …«
Die Unterhaltung der drei !!! wurde von einer ärgerlichen Stimme unterbrochen.
»Was ist denn hier los?« Der Campleiter stand in der Tür. Die drei !!! waren so in ihre Unterhaltung vertieft gewesen, dass sie ihn gar nicht gehört hatten. Er hatte die Hände in die Hüften gestützt und funkelte die Mädchen böse an. In diesem Moment sah er alles andere als gut gelaunt und ausgeglichen aus.
Hastig versteckte Kim den verdächtigen Brief hinter ihrem Rücken. Franzi war vor Schreck wie erstarrt. Ob das Benzin noch zu riechen war? Wusste der Campleiter, dass sie den Kanister entdeckt hatten?
Marie fasste sich als Erste wieder. »Sorry, dass wir hier einfach so eingedrungen sind.« Sie lächelte Bob Marten entschuldigend zu. »Wir wollten mit dir sprechen, aber du warst nicht da. Darum haben wir beschlossen, einfach auf dich zu warten. Wir haben uns gerade über deine Fotogalerie unterhalten. Echt beeindruckend! Sag mal, ist das hier wirklich Joe Cocker?« Sie zeigte auf das Bild an der Wand.
Der Campleiter entspannte sich ein wenig. »Ja, Joe und ich haben mal auf einem Konzert zusammen gespielt. Er ist ein großartiger Musiker. Und ein toller Mensch.«

»Es muss wahnsinnig spannend sein, mit so vielen Berühmtheiten zusammenzukommen. Ich beneide dich!« Marie sah Bob Marten bewundernd an. Ihre Vorstellung war mal wieder perfekt. Sie sah aus, als könnte sie kein Wässerchen trüben.

Der Campleiter lächelte geschmeichelt. »Nun ja, in meinem Job ist es ganz normal, den einen oder anderen Star kennenzulernen …«

Kim nutzte den Moment, in dem Bob Martens Aufmerksamkeit auf Marie gelenkt war, um den Brief zurückzulegen und sich unauffällig vom Schreibtisch zu entfernen.

Franzi erhob sich aus dem Korbsessel. »Eigentlich wollten wir über etwas anderes mit dir reden«, sagte sie. »Es hat wieder einen Diebstahl gegeben.«

»Was?« Bob Marten fuhr sich durch seine kurzen, grauen Haare. »Das darf doch nicht wahr sein!«

»Leider doch. Mein Laptop wurde gestohlen.« Kim berichtete kurz, was geschehen war. Der Campleiter hörte aufmerksam zu. Das Misstrauen war aus seinem Blick verschwunden, er schien keinen Verdacht mehr gegen die drei !!! zu hegen.

Franzi atmete auf. Das war gerade noch mal gut gegangen.

Himmelhoch jauchzend, zu Tode betrübt

Das abendliche Training mit Matt lief noch besser als am Tag zuvor. Während die letzten Sonnenstrahlen durch die Fenster des Trainingsraums fielen und alles in ein unwirkliches rotes Licht tauchten, tanzten Franzi und Matt über das Parkett. Franzi hatte das Gefühl zu schweben. Nach einer kurzen Aufwärmphase hatte Matt eine seiner CDs eingelegt, eine aufregende Mischung aus Hip-Hop-, Soul-, Rap- und alten Dance-Songs aus den Achtzigern. Gerade lief der Titelsong aus *Flashdance*, einem uralten Tanzfilm, den Franzi irgendwann mal im Fernsehen gesehen hatte. Sie verlor sich ganz im Rhythmus der Musik. Dann war das Lied zu Ende und ein altmodischer Walzer begann.

Franzi blieb überrascht stehen. »Was ist denn das?«

Matt grinste. »Darf ich bitten?« Er hielt Franzi galant die Hand hin.

Sie schüttelte lächelnd den Kopf. »Du bist immer für eine Überraschung gut, was?«

»Als Tänzer muss man vielseitig sein.« Matt begann, Franzi im Walzerschritt durch den Raum zu wirbeln. Das Tempo wurde immer schneller. Offenbar beherrschte er die Standardtänze genauso gut wie Hip-Hop, Jazzdance und Freestyle.

»Hilfe, mir wird schwindelig!«, kicherte Franzi. Matts Hand lag auf ihrem Rücken. Franzi spürte die Wärme seines Körpers. Zum ersten Mal fiel ihr auf, dass sie fast gleich groß waren. Matt sah ihr während des Tanzes unverwandt in die Augen. Sein Blick war so intensiv, dass sie eine Gänsehaut bekam. Dann war der Walzer vorbei und sie blieben stehen.

Matt hielt sie immer noch fest. »Weißt du eigentlich, was mir als Erstes an dir aufgefallen ist?« Franzi schüttelte kaum merklich den Kopf. »Deine Augen!« Matts Stimme war nur ein Hauch. Sein Atem streifte ihre Wange. »Ich hab mich in ihrem Grün verloren. Und bis jetzt nicht wieder herausgefunden.« Er zog sie enger an sich. Seine Lippen berührten ihre. Ganz leicht nur. Wie ein vorbeifliegender Schmetterling.

Franzi schloss die Augen. Ihre Knie wurden weich. Sie war froh, dass Matt sie festhielt. Sonst wäre sie garantiert umgefallen. Eine kleine Ewigkeit standen sie eng umschlungen da. Oder waren es nur wenige Sekunden? Franzi wusste es nicht. Sie hatte jedes Zeitgefühl verloren.

Dann drangen Stimmen an ihr Ohr. Ein paar Leute gingen draußen am Fenster vorbei und Matt ließ sie los. Franzi öffnete die Augen. Die Sonne war inzwischen hinter den hohen Bäumen verschwunden, sanftes Dämmerlicht hatte sich über den Trainingsraum gelegt. Franzi war froh darüber. Vielleicht würde Matt so ihren verwirrten Gesichtsausdruck nicht bemerken. Genauso wenig wie ihre zitternden Knie und die Gänsehaut auf ihren Armen.

Er versuchte nicht noch einmal, sie zu küssen. Aber sein Lächeln war so lieb, dass Franzi beinahe dahinschmolz. »Ich muss jetzt leider los.« Er griff nach seiner Tasche. »Dabei würde ich viel lieber noch bei dir bleiben.«

Franzi räusperte sich. »Wir sehen uns ja morgen«, brachte sie hervor. Ihre Stimme klang heiser.
»Ich kann's kaum erwarten.« Matt warf ihr einen Handkuss zu, bevor er den Trainingsraum verließ.
Franzi blieb eine Weile reglos stehen. Allmählich beruhigte sich ihr galoppierender Herzschlag wieder. Sie fuhr sich durch ihre vom Training verschwitzten Haare. Hatte Matt sie tatsächlich gerade geküsst? Oder träumte sie wieder? Franzi musste lächeln. Nein, diesmal hatte sie nicht geträumt. Matts Kuss prickelte immer noch auf ihren Lippen.
Langsam durchquerte Franzi den Raum, schulterte ihre Sporttasche und verließ das Gebäude. Draußen zögerte sie. Was sollte sie jetzt tun? Ein Clubtreffen fand heute nicht statt, weil Marie keine Zeit hatte. Sie hatte etwas von einem Date gemurmelt, aber nicht mehr verraten wollen, obwohl Kim und Franzi sie mit Fragen bestürmt hatten.
Doch Maries geheimnisvolle Verabredung war Franzi in diesem Moment ziemlich egal. Sie konnte nur noch an Matt denken. Es war ein wunderschöner Abend und Franzi beschloss, einen Spaziergang zu machen, um ihre Gedanken zu ordnen. Sie nahm einen schmalen Pfad zwischen den Bäumen hindurch und atmete tief die frische Waldluft ein. Warum hatte Matts Kuss sie so durcheinandergebracht? War sie ernsthaft in ihn verliebt? Und wie sah es mit seinen Gefühlen aus? Ging er jetzt davon aus, dass sie zusammen waren? Oder hatte der Kuss ihm gar nicht so viel bedeutet? Franzi seufzte. Sie hasste das Gefühlschaos, das mit dem Verliebtsein einherging. Franzi mochte es, wenn die Dinge klar und eindeutig waren. Das waren Gefühle leider äußerst selten. Und

doch spürte sie ganz eindeutig, dass sie mehr für Matt empfand. Sie wollte ihn gerne wiedersehen. Und sie wollte ihn noch einmal küssen. Am liebsten jetzt sofort. Zu dumm, dass er so schnell abgehauen war …

Völlig in Gedanken versunken schlenderte Franzi durch den abendstillen Wald, bis sie von einem Geräusch zurück in die Wirklichkeit geholt wurde. Sie hob den Kopf und lauschte. Da war es wieder! Es klang wie leises Kichern. Franzi sah sich um und versuchte, sich zu orientieren. Schwarzes Wasser blitzte zwischen den Bäumen auf. Sie war offensichtlich ganz automatisch in Richtung See gelaufen.

Das Kichern wurde lauter und vermischte sich mit einer zweiten Stimme, die Franzi irgendwie bekannt vorkam. Auf Zehenspitzen schlich sie näher heran. Im Wald herrschte ein ungewisses Zwielicht, bald würde es ganz dunkel sein. Trotzdem konnte Franzi hinter einem Gebüsch die vagen Umrisse zweier Personen erkennen. Es waren ein Junge und ein Mädchen. Er sagte etwas, sie lachte.

Franzi bog ein paar Zweige zur Seite. Auf einer kleinen, geschützten Wiese direkt am Seeufer saß ein Pärchen. Er hatte ein Basecap auf dem Kopf, unter dem strohblonde Haare hervorsahen. Franzis Herzschlag setzte einen Moment aus. Matt! Er hatte sich nicht einmal umgezogen, sondern trug dieselben Trainingsklamotten wie vorhin. Die Hand, die noch vor Kurzem auf Franzis Rücken gelegen hatte, hielt jetzt die Hand eines anderen Mädchens. Und die Augen, die Franzi so liebevoll angesehen hatten, waren nun auf eine andere gerichtet. Sie drehte Franzi den Rücken zu.

»Weißt du, was mir zuerst an dir aufgefallen ist?«, fragte

Matt. Das Mädchen schüttelte den Kopf. Seine langen blonden Haare bewegten sich sanft in der Brise, die vom See herüber wehte. »Deine Augen.« Matts Stimme war so leise, dass Franzi sie kaum verstehen konnte. Aber sie wusste auch so, was als Nächstes kommen würde. »Ich habe mich in ihrem Blau verloren. Und bis jetzt nicht wieder herausgefunden.« Matt beugte sich zu dem Mädchen hinüber und küsste sie.
In diesem Moment zerriss ein ohrenbetäubender Schrei die Stille des Waldes. Franzi brauchte einen Moment, um zu kapieren, dass sie es war, die schrie. Der Schrei brach abrupt ab und Franzi taumelte auf die Lichtung.
Matt starrte sie überrascht an. »W…was machst du denn hier?«, stammelte er.
»Du … du mieser Kerl!«, stieß Franzi hervor. »Ein Date am Abend reicht dir wohl nicht, was?«
Jetzt drehte sich das Mädchen neben Matt um. Franzi verstummte. Das Bild vor ihren Augen verschwamm. Hatte sie etwa Halluzinationen? Das durfte einfach nicht wahr sein! Sie blinzelte und sah wieder klar. Leider.
»Du?«, flüsterte sie. Vor ihr im Gras saß Marie. Ihre beste Freundin, der sie blind vertraut hatte! Der Schmerz, der sich bei diesem Anblick in Franzis Herz bohrte, war noch schlimmer als der Schmerz über Matts Verrat. Plötzlich fügte sich alles zusammen.
»Matt war also dein geheimnisvolles Date! Darum hattest du heute Abend keine Zeit.«
Marie nickte. »Ganz genau. Und jetzt kannst du mir vielleicht mal erklären, warum du hier auftauchst und so ein Theater veranstaltest.«

Die Wut zuckte wie ein rot glühender Blitz durch Franzis Kopf. »Du willst eine Erklärung von mir?«, rief sie. »Ausgerechnet du?«
»Allerdings.« Maries Stimme klang vollkommen ruhig, was Franzi noch mehr in Rage brachte. »Ich hab nämlich keine Ahnung, warum du dich so aufregst.«
Franzi stemmte die Hände in die Hüften. »Ich reg mich auf, weil du dich hinter meinem Rücken mit Matt triffst! Gib's zu, du hast Kim und mir seinen Namen absichtlich verschwiegen!«
Marie zuckte mit den Schultern. »Na und? Ich bin dir schließlich keine Rechenschaft schuldig. Ich kann mich treffen, mit wem ich will.«
»Aber nicht mit meinem Freund!«, schrie Franzi.
Marie zog eine Augenbraue hoch. »Ich wusste gar nicht, dass ihr zusammen seid.« Sie sah Matt an. »Stimmt das?«
Matt war aufgestanden. Er rückte sein Basecap gerade und grinste verlegen. »Ich glaube, das klärt ihr besser unter euch. Ich muss jetzt sowieso los.« Er griff nach seiner Sporttasche und machte, dass er wegkam.
Franzi sah ihm mit offenem Mund nach. Matt war nicht nur ein Verräter, er war auch noch feige! War das der Junge, der vorgestern so mutig das Feuer gelöscht hatte? Der Junge mit der großen Klappe und den witzigen Sprüchen? Der Junge, dessen Kuss Franzi vorhin beinahe umgehauen hatte?
Maries Stimme riss Franzi aus ihren Gedanken.
»Matt ist nicht dein Eigentum, bloß weil ihr zusammen trainiert«, stellte sie fest. »Und zwischen euch läuft doch gar nichts. Also spiel dich bitte nicht so auf.« Marie hatte sich

jetzt ebenfalls erhoben. Sie und Franzi standen sich direkt gegenüber. Maries Augen blitzten ärgerlich.
»Was weißt du schon«, zischte Franzi. »Du bist leider nicht auf dem neuesten Stand. Matt hat mich vorhin geküsst. Außerdem haben wir in den letzten Tagen ständig miteinander geflirtet.«
»Bist du sicher, dass du dir das nicht nur einbildest?«, fragte Marie. »In den letzten Tagen hat Matt nämlich in jeder freien Minute mit *mir* geflirtet. Und wenn ich mich richtig erinnere, hast du immer behauptet, dass du nichts von ihm willst. Du fandest ihn von Anfang an doof.«
»Ich hab meine Meinung eben geändert!«, rief Franzi. »Und den Kuss hab ich mir garantiert nicht eingebildet. Warum kannst du nicht einfach zugeben, dass du unrecht hast?«
»Weil es nicht stimmt.« Maries selbstsichere Art war der Tropfen, der das Fass zum Überlaufen brachte.
»Dann bleib doch, wo der Pfeffer wächst! Auf eine Freundin wie dich kann ich echt verzichten!« Franzi hätte Marie am liebsten ihre kühlen blauen Augen ausgekratzt. Stattdessen drehte sie sich auf dem Absatz um und stürmte davon. Marie versuchte nicht, sie aufzuhalten.
Erst als Franzi sicher war, dass sie außer Sicht- und Hörweite war, sank sie mitten im Wald auf einen Baumstumpf und ließ ihren Tränen freien Lauf.
An einem einzigen Abend hatte sie zwei Menschen verloren, die ihr wichtig gewesen waren. Zwei Menschen, denen sie vertraut hatte und die sie verraten hatten. Marie und Matt. Franzi schluchzte auf und ballte die Fäuste. Eins war sicher: Mit beiden würde sie nie wieder ein Wort reden!

Detektivtagebuch von Kim Jülich
Samstag, 14:01 Uhr
Es ist zum Verzweifeln! Seit zwei Tagen herrscht Funkstille zwischen Marie und Franzi. Und seit zwei Tagen kommen wir mit dem Fall überhaupt nicht weiter. Wie sollen wir ermitteln, wenn zwei Drittel des Detektivclubs nicht mehr miteinander sprechen? Ich hab versucht, Franzi und Marie gut zuzureden, damit sie sich wieder versöhnen – ohne Erfolg. Leider haben beide einen totalen Dickschädel. Ich weiß wirklich nicht, was ich noch tun soll. Dass sich Marie weiterhin mit Matt trifft, entspannt die Lage auch nicht gerade. Franzi ist natürlich fuchsteufelswild deswegen.
Meiner Meinung nach ist dieser Angeber Matt an allem schuld. Franzi und Marie sollten eigentlich auf ihn sauer sein statt aufeinander. Aber Liebe macht ja bekanntlich blind …
Eigentlich wollten wir Bob Marten beschatten, um herauszufinden, ob er tatsächlich etwas mit dem Brand zu tun hat, doch Franzi und Marie weigern sich zusammenzuarbeiten. Wie soll es jetzt weitergehen? Ist der Detektivclub am Ende?
PS: Mein Laptop ist leider auch noch nicht wieder aufgetaucht. Darum schreibe ich jetzt in das alte Heft, das ich zum Glück immer dabeihabe.

Geheimes Tagebuch von Kim Jülich
Samstag, 14:16 Uhr
Achtung: Lesen für Unbefugte (alle außer Kim Jülich) streng verboten! Das gilt auch für die Streithennen Franzi und Marie und für alle anderen Campteilnehmer. Besonders für eine gewisse Cherry …

Zwischen Michi und mir herrscht absolute Funkstille. Wir gehen einander aus dem Weg. Wie konnte es nur so weit kommen?
Die Antwort lautet: Diese fiese Cherry ist schuld! Sie posaunt überall herum, wie toll Michi ist, und tut so, als wäre sie schon mit ihm zusammen. Dabei ist Michi immer noch mein Freund!
Cherrys dummes Gequatsche macht mich total fertig. Wenn ich etwas mutiger wäre, würde ich dieser Schlange ordentlich die Meinung sagen. Aber ich traue mich nicht. Was, wenn Michi für sie Partei ergreift? Wenn er alles bestätigt, was sie sagt? Das würde ich nicht ertragen. Darum vermeide ich eine Aussprache lieber. Das ist feige von mir, ich weiß, aber ich kann nicht anders.
Vor zwei Tagen war ich so fertig, dass ich etwas ziemlich Dummes gemacht habe. Ich hab direkt vor Michis Augen mit Nick geflirtet! Wir standen mittags nebeneinander an der Essensausgabe. Cherry war weiter vorne und hat Michi total peinlich zugezwinkert. Da hab ich ganz spontan den Arm um Nick gelegt und so getan, als würde ich ihm etwas Vertrauliches ins Ohr flüstern. In Wirklichkeit hab ich ihn nur gefragt, wann der Workshop weitergeht. Nick hat sich bestimmt gewundert, weil der Unterricht jeden Nachmittag zur selben Zeit beginnt.
Und Michi hat alles mitbekommen! Er hat genau im richtigen (oder falschen) Moment zu uns herübergeschaut. Was er gesehen hat, schien ihm überhaupt nicht zu gefallen. Sein Gesicht wurde so hart wie Stein. Seitdem geht er mir genauso sorgfältig aus dem Weg wie ich ihm.
Wird das jetzt immer so weitergehen?
Michi, was ist nur aus uns geworden?

Unter Verdacht

Selbst am Sonntag fanden die Workshops im Camp statt. Franzi war froh darüber. Das Tanzen würde sie ablenken. Sie wollte sich in der Musik verlieren, endlich ihren Kopf abschalten, in dem die Gedanken seit drei Tagen nur noch um Matt kreisten. Um Matt und Marie und um ihren Verrat. Das Bild der beiden, wie sie Händchen haltend im Gras saßen und sich küssten, verfolgte Franzi. Genauso wie Maries eiskalter Blick und ihre harten Worte.

Franzi schlüpfte kurz vor Unterrichtsbeginn in den Trainingsraum. Sie vermied es, in Matts Richtung zu schauen. Sie wollte nicht mit ihm reden. Am liebsten hätte sie ihn nie wiedergesehen. Aber das war im Camp leider unmöglich. Also behandelte sie ihn einfach wie Luft.

Zum Glück war Justin C wie immer pünktlich und begann sofort mit dem Training. Franzi seufzte erleichtert, als die Musik einsetzte, und versuchte, sich ganz auf ihre Bewegungen zu konzentrieren. Doch nach wenigen Minuten wurde die Tür aufgerissen und Cherry platzte herein, dicht gefolgt von Peggy. Alle fuhren herum. Justin C runzelte ärgerlich die Stirn und drehte die Musik leiser.

»Ihr seid zu spät!«, fuhr er die Mädchen an. »Wenn ihr am Sonntag lieber ausschlafen wollt, statt zu trainieren, geht am besten gleich wieder ins Bett.«

Doch die beiden blieben mitten im Raum stehen. »Es war nicht unsere Schuld«, sagte Cherry. »Wir haben nicht verschlafen. Mein MP3-Player ist geklaut worden.«

Ein Raunen ging durch den Raum. Auch Franzi wurde hellhörig. Noch ein Diebstahl?
»Warst du schon bei Bob?«, fragte Justin etwas freundlicher.
Cherry schüttelte den Kopf. »Ich hab gerade erst bemerkt, dass er weg ist. Und ich weiß auch, wer ihn gestohlen hat.«
»Na, da bin ich aber gespannt«, murmelte Franzi. Sie hatte den starken Verdacht, dass Cherry nur Theater spielte, um ihre Verspätung zu rechtfertigen. Sie ließ sich wirklich jeden Tag etwas Neues einfallen.
»Du warst es!« Cherry zeigte anklagend auf Franzi.
Franzi sah schnell nach rechts und links, aber Cherry schien tatsächlich sie zu meinen. Franzi lachte hell auf und tippte sich gegen die Stirn. »Bist du jetzt völlig durchgedreht? Das glaubst du doch selbst nicht.«
»Und ob.« Cherry durchbohrte Franzi mit ihrem Blick. »Du hast den MP3-Player gestern früh aus meiner Hütte geklaut. Ich hab's bloß erst heute bemerkt.«
Franzi schüttelte den Kopf. »Du spinnst doch!« Ihr war das Lachen vergangen. Was hatte Cherry vor?
»Keineswegs. Peggy kann es bezeugen.« Cherry sah auffordernd zu ihrer Freundin.
Peggy wurde rot. »Das stimmt.«
»Passt auf, was ihr sagt«, warnte Justin C. »Das sind sehr ernste Anschuldigungen. Wenn ihr keine Beweise habt, solltet ihr lieber den Mund halten.«
Franzi warf ihm einen dankbaren Blick zu. Sie war froh, dass sich der Tanzlehrer für sie einsetzte. Bestimmt würde sich gleich alles aufklären. Denn Beweise konnten die beiden ja unmöglich haben.

Da verkündete Peggy: »Ich hab Franzi mit Cherrys MP3-Player gesehen.«
Allmählich wurde Franzi ärgerlich. Dieses dumme Spiel hatte jetzt lange genug gedauert. »Ach ja? Und wo, wenn ich fragen darf?«
Cherry antwortete für ihre Freundin. »Beim Joggen. Heute morgen im Wald. Du hattest ihn dir um den Oberarm geschnallt.«
»Ist das wahr, Peggy?«, wollte Justin wissen.
Peggy nickte, sah dem Trainer dabei aber nicht in die Augen.
»Das ist gelogen!«, rief Franzi empört. »Ich war zwar heute früh joggen, aber bestimmt nicht mit Cherrys MP3-Player. Warum sollte ich das Teil überhaupt klauen? Das ist doch total aus der Luft gegriffen!«
»Ist es nicht«, erwiderte Cherry kalt. »Du warst von Anfang an scharf auf meinen MP3-Player. Schon auf der Hinfahrt im Bus hast du ihn sehnsüchtig angestarrt und gesagt, du hättest auch gerne so einen. Das können alle hier bezeugen!«
Ein paar Kursteilnehmer nickten zögernd.
Franzi verdrehte die Augen. Sie kam sich vor, als wäre sie im falschen Film gelandet. »Okay, vielleicht hab ich tatsächlich so was gesagt. Aber deswegen bin ich noch lange keine Diebin. Das ist eine ganz gemeine Intrige!«
Justin C zögerte. Er kratzte sich ratlos seinen kahlen Hinterkopf. »Es steht Aussage gegen Aussage«, stellte er fest. »Ich fürchte, wir müssen die Sache der Campleitung übergeben. Die Anschuldigungen sind zu schwerwiegend, um sie einfach zu ignorieren. Das Training fällt heute aus. Und ihr drei kommt mit.«

Wie in Trance folgte Franzi den anderen nach draußen. Flüsternde Stimmen drangen verschwommen an ihr Ohr. In kürzester Zeit würde das ganze Camp Bescheid wissen, und dann war sie als Diebin abgestempelt. Hatten sich denn alle gegen sie verschworen?

Eine Dreiviertelstunde später verließ Franzi mit brummendem Schädel das Büro des Campleiters. Es war ein sehr unangenehmes Gespräch gewesen und sie fühlte sich wie durch den Fleischwolf gedreht. Cherry hatte ihre Anschuldigungen wiederholt und Peggy hatte nochmals als Zeugin ausgesagt. Franzi hatte keine Ahnung, warum sie log. Vermutlich, um sich bei ihrer neuen Busenfreundin beliebt zu machen. Natürlich hatte Franzi sich vehement verteidigt, aber es stand Aussage gegen Aussage. Bob Marten schien genauso skeptisch zu sein wie Justin C, doch er musste natürlich auf die Vorwürfe reagieren. Franzi schossen die Tränen in die Augen, als sie sich an seine abschließenden Worte erinnerte.
»Ich muss dich leider vom Tanztraining ausschließen, bis die Sache geklärt ist, Franzi«, hatte er gesagt und dabei bedauernd mit den Schultern gezuckt. »Am Abschlusskonzert darfst du natürlich auch nicht teilnehmen. Sorry!«
Beim Gedanken an Cherrys triumphierendes Grinsen ballte Franzi die Fäuste. Was für eine hinterhältige Schlange! Die ganze Zeit schon versuchte sie, Franzi schlechtzumachen. Und jetzt hatte sie ihr Ziel erreicht. Alle würden sie für eine Diebin halten. Es war so ungerecht!
»He, wie ist es gelaufen?« Matt stand plötzlich vor ihr. »Was hat Bob gesagt?«

Franzi warf ihm einen wütenden Blick zu. »Na, was schon? Er hat mich vom Workshop und vom Abschlusskonzert ausgeschlossen.«

»Wie bitte?« Matt schüttelte ungläubig den Kopf. »Das gibt's doch nicht! Wenn ich dir irgendwie helfen kann …«

»Lass mich einfach in Ruhe, okay?«, zischte Franzi. »Ich will nichts mehr mit dir zu tun haben.«

Doch Matt ließ nicht locker. »Und was ist mit unserem Tanztraining?«

»Vergiss es!« Franzi schnaufte verächtlich. »Du kannst ja mit Marie tanzen, wenn du willst.«

»Hör mal …«, begann Matt, aber Franzi ließ ihn nicht ausreden.

»Nein!«, rief sie. »Ich will nichts hören. Du bist für mich gestorben, klar?«

Franzi machte einen Bogen um Matt und ging zügig in Richtung Wald. Er kam ihr nicht nach. Franzi verlangsamte ihre Schritte erst, als die Stille des Waldes sie umgab. Sie seufzte erleichtert. Hier war nur das Zwitschern der Vögel zu hören. Keine gemeinen Anschuldigungen, keine halbherzigen Entschuldigungen und keine neugierigen Blicke, die sich in ihren Rücken bohrten.

Franzi schlug den Weg zum See ein. Sie brauchte jetzt Ruhe, um eine Weile nachzudenken. Doch als sie sich dem See näherte, hörte sie leise Musik. Erst wollte sie umdrehen. Sie hatte keine Lust, jemandem zu begegnen. Aber die Campteilnehmer mussten eigentlich noch bei ihren Workshops sein. Eine unbestimmte Hoffnung keimte in Franzi auf. Sie ging weiter. Tatsächlich! Am Seeufer saß Tom und zupfte an den

Saiten einer Gitarre. Er war so in sein Spiel versunken, dass er Franzi erst bemerkte, als sie direkt neben ihm stand.

»Hallo!« Sein warmes Lächeln war Balsam für ihre Seele. »Schön, dich zu sehen. Hast du kein Training heute?«

Franzi schüttelte den Kopf. Sie ließ sich neben Tom in den Sand fallen. »Ich hab heute frei. Und die nächsten Tage auch.« Tom warf ihr einen fragenden Blick zu, sagte aber nichts. Franzi war froh darüber. »Was spielst du da?« Sie nickte zu seiner Gitarre hinüber.

»Ach, ich klimpere nur ein bisschen herum.« Tom grinste verlegen.

»Spielst du mir was vor?«, bat Franzi.

Tom zuckte mit den Schultern. »Warum nicht?« Er improvisierte ein kurzes Intro, dann begann er zu singen. Seine Stimme war warm und weich und wunderschön. Den Song hatte Franzi noch nie gehört, aber er gefiel ihr sofort. Die Melodie war leicht wie eine Sommerbrise und gleichzeitig ein bisschen traurig. Er passte perfekt zu Franzis Stimmung. Beim zweiten Mal summte sie leise den Refrain mit. Merkwürdigerweise fühlte sie sich von der Musik getröstet. Zum ersten Mal seit Tagen überkam sie eine Art innerer Ruhe. In diesem Moment verspürte sie weder Ärger noch Wut, Angst oder Enttäuschung. Sie genoss einfach den Augenblick und ließ sich von Toms Musik weit forttragen.

Viel zu schnell war der Song zu Ende. Franzi seufzte. Zu ihrer Überraschung merkte sie, dass sie Tränen in den Augen hatte. Sie wischte sie schnell weg. »Das war wunderschön.«

»Findest du?« Tom schien sich aufrichtig über das Kompliment zu freuen.

Franzi nickte. »Ich wusste gar nicht, dass du so gut singen kannst. Du solltest auch am *Rock Camp* teilnehmen. Vielleicht wirst du dann irgendwann ein großer Star.«

Tom winkte ab. »Lieber nicht. Ich hab dir doch erzählt, dass ich zum Relaxen hier bin. Diesen Sommer will ich mich nur erholen.«

»Keine schlechte Idee«, murmelte Franzi. »Das werde ich ab jetzt auch machen. Allerdings eher gezwungenermaßen …«

»Was ist denn los?«, fragte Tom vorsichtig.

Franzi seufzte. »Ich hab riesigen Ärger am Hals.« Sie erzählte von Cherrys Anschuldigungen und den Folgen.

Tom schüttelte wütend den Kopf. »Das ist nicht fair! Es heißt doch immer ›Im Zweifel für den Angeklagten‹. Bob darf dich nicht einfach von allen Aktivitäten ausschließen, solange der Verdacht gegen dich nicht bewiesen ist.«

Franzi zuckte mit den Schultern. »Ist doch egal. Im Camp bin ich jetzt sowieso als Diebin abgestempelt. Diesen Ruf wird man nicht so schnell wieder los.« Trotzdem tat ihr Toms Reaktion gut. Er war sauer – ihretwegen!

»Soll ich mal mit Bob reden?«, bot Tom an.

Eine Welle der Dankbarkeit rollte durch Franzis Körper. Endlich jemand, der sich für sie einsetzen wollte! »Nein, danke«, sagte sie. »Ich komm schon klar. Vielleicht sollte ich das Camp einfach vorzeitig verlassen.«

»Auf keinen Fall!«, rief Tom. »Dann hat diese Cherry gewonnen, und das kannst du nicht zulassen. Außerdem wäre das fast so etwas wie ein Schuldeingeständnis.«

Franzi dachte nach. »Du hast recht. Vielleicht ist es wirklich besser, die Sache durchzustehen.«

»Du schaffst das schon.« Tom lächelte ihr zu. »Ich hab lange niemanden mehr getroffen, der so stark ist wie du.«
»Danke! Das ist echt nett von dir.« Franzi merkte, wie ihre Lebensenergie und ihr Kampfgeist langsam zurückkehrten. Sie würde sich von Cherry nicht ins Bockshorn jagen lassen!
»Keine Ursache.« Tom griff nach ihrer Hand und drückte sie kurz. »Wenn du jemanden zum Reden brauchst, sag Bescheid. Ich hab jede Menge Zeit.« Er sah Franzi so eindringlich in die Augen, dass ihr etwas schwindelig wurde.
Franzi nickte nur. Sagen konnte sie nichts. Am liebsten hätte sie Toms Hand nie mehr losgelassen.

In tödlicher Gefahr

Das Abendessen war ein einziger Spießrutenlauf. Franzi hatte das Gefühl, alle würden sie anstarren und hinter ihrem Rücken über sie reden. Cherry hatte dafür gesorgt, dass inzwischen das gesamte Camp von ihren Anschuldigungen wusste. Am liebsten wäre Franzi aus dem Speisesaal gerannt, aber diesen Triumph gönnte sie Cherry nicht. Stattdessen saß sie kerzengerade am Tisch und versuchte, so zu tun, als wäre alles in bester Ordnung.

»Lass dich von dieser blöden Cherry bloß nicht kleinkriegen«, sagte Kim so laut, dass es auch die Leute an den Nachbartischen mitbekamen. »Weiß doch jeder, dass sie nur Lügen erzählt.«

Kim hatte sich furchtbar aufgeregt, als sie von Cherrys Vorwürfen gehört hatte. Natürlich stand sie hinter Franzi, genauso wie Marie. Beide hatten ihr Mut zugesprochen, nachdem Franzi von ihrem Abstecher an den See zurückgekehrt war. Kims Unterstützung nahm Franzi gerne an, bei Marie hatte sie jedoch abgeblockt. Sie war immer noch stinksauer auf ihre ehemals beste Freundin und wollte kein Mitleid von ihr. Jetzt saß Marie mit starrer Miene neben Kim und stocherte in ihrem Salat herum, ohne Franzi anzusehen. Wahrscheinlich war sie beleidigt, aber das war Franzi egal.

Da tauchte Ute Toben an ihrem Tisch auf. »Hallo allerseits! Wie geht's denn so?« Sie wandte sich an Franzi. »Ich hab gehört, dass Cherry dich des Diebstahls beschuldigt hat. Ganz schön heftig, oder? Was sagst du dazu?«

»Kein Kommentar«, murmelte Franzi zwischen zusammengebissenen Zähnen. Das Letzte, worauf sie Lust hatte, war, die Fragen der neugierigen Journalistin zu beantworten.
»Ich verstehe, dass du hier vor allen Leuten nicht darüber reden willst.« Ute Toben schlug jetzt einen vertraulichen Tonfall an, als wären sie und Franzi gute Freundinnen. Franzi fragte sich, ob sich ihre anderen Interviewpartner tatsächlich von dieser plumpen Masche einwickeln ließen. »Aber wie wär's mit einem kleinen Interview nach dem Essen in deiner Hütte? Nur wir beide, ganz intim und vertraulich.«
Franzi hätte beinahe laut gelacht. Ute Toben und vertraulich, das waren zwei Worte, die absolut nicht zusammenpassten.
»Nein danke«, sagte sie entschieden. »Ich möchte nicht darüber reden.«
»Das wäre aber besser für dich.« Nun wurde der Ton der Journalistin etwas schneidender. »Cherry hat mir bereits ein ausführliches Interview gegeben. Du solltest deine Sicht der Dinge ebenfalls darstellen, sonst könnten die Leser einen falschen Eindruck gewinnen.«
Jetzt platzte Kim der Kragen. »Haben Sie nicht gehört, was Franzi gesagt hat? Lassen Sie uns einfach in Ruhe, okay?«
Doch die Journalistin blieb sitzen. Sie tat so, als hätte sie Kim nicht gehört. »Überleg es dir noch mal. Ich will dir wirklich nur helfen …«
Franzi schob ihren Teller zur Seite. Sie hatte ihre Suppe kaum angerührt. Inzwischen war ihr endgültig der Appetit vergangen. »HAUEN SIE ENDLICH AB!«, brüllte sie.
Augenblicklich wurde es totenstill im Raum. Alle sahen zu

Franzi hinüber. Franzi hielt es nicht länger aus. Sie sprang auf und rannte hinaus.

Es war ein seltsames Gefühl, die anderen Campteilnehmer am nächsten Morgen zu den Workshops eilen zu sehen. Franzi kam es so vor, als würde sie hinter einer Glasscheibe sitzen und die allgemeine Hektik aus weiter Ferne beobachten. Sie gehörte nicht mehr richtig dazu.

»Geh doch eine Runde schwimmen«, schlug Kim vor. »Oder leg dich wieder ins Bett und schlaf ein bisschen. Ich hab auch noch einen spannenden Krimi in meiner Nachttischschublade, falls du dich langweilst.«

Franzi verzog das Gesicht. »Du weißt doch, dass Lesen nicht gerade zu meinen Lieblingsbeschäftigungen gehört.«

»Du kriegst den Tag schon irgendwie rum. Ich muss jetzt los, bis später!« Kim umarmte ihre Freundin kurz, dann stürmte sie aus der Hütte. Marie war bereits vor einer Weile aufgebrochen. Sie und Franzi versuchten in stillschweigender Übereinkunft, so wenig Zeit wie möglich im selben Raum zu verbringen.

Franzi blieb allein zurück. Sie warf sich auf ihr Bett und starrte zur Decke. Der ganze Tag lag vor ihr und sie hatte keine Ahnung, was sie jetzt tun sollte. Schlafen? Nein, sie war nicht müde. Schwimmen oder joggen? Dazu konnte sie sich nicht aufraffen. Lesen? Langweilig! Am liebsten hätte sie ein bisschen mit Tom gequatscht, aber er hatte gestern erwähnt, dass er seinem Vater bei ein paar Reparaturarbeiten helfen wollte.

Franzi seufzte. Sie kam sich vor, als wäre sie der einzige

Mensch auf der Welt. Sie fühlte sich vollkommen nutzlos und ziemlich einsam. Am liebsten hätte sie sich die Decke über den Kopf gezogen, um nichts mehr hören und nichts mehr sehen zu müssen.

Da gingen ihr Toms Worte durch den Kopf.

Du schaffst das schon. Ich hab lange niemanden mehr getroffen, der so stark ist wie du.

»Tom glaubt an mich«, murmelte Franzi. »Also sollte ich auch an mich glauben.«

Diese Erkenntnis gab ihr neue Kraft. Sie stand auf und zog ihre Trainingsklamotten an. Sie durfte zwar nicht am Workshop teilnehmen, aber niemand hatte ihr verboten, allein zu trainieren. Sie würde nicht zulassen, dass sie wegen dieser dummen Geschichte hinter den anderen zurückblieb – gerade jetzt, wo sie so gut in Form war.

Franzi verließ die Hütte und marschierte über das Gelände, bis sie den kleinen Trainingsraum erreicht hatte, der tagsüber meistens leer war. Sie betrat das Gebäude, durchquerte den Vorraum und lauschte kurz an der Tür. Es war nichts zu hören. Schnell schlüpfte sie hinein. Sie machte ein paar Aufwärmübungen und begann zu tanzen. Ihre Schritte klangen laut in der Stille des Gebäudes. Warum hatte sie nicht daran gedacht, Musik mitzunehmen?

Franzi probierte verschiedene Moves aus, aber sie konnte sich nicht konzentrieren. Immer wieder stolperte sie über ihre eigenen Füße oder vergaß den nächsten Schritt. Nicht einmal die einfachsten Bewegungen wollten ihr gelingen.

Schließlich gab sie frustriert auf. Es machte einfach keinen Spaß, allein zu tanzen. Außerdem schaffte sie es heute nicht,

ihren Kopf abzuschalten. Die düsteren Gedanken an alles, was in den letzten Tagen geschehen war, lenkten sie ab und verhinderten, dass sie sich dem Training wie sonst bedingungslos hingeben konnte.
Franzi musste an das letzte gemeinsame Training mit Matt denken. Da war noch alles in Ordnung gewesen. Es kam ihr so vor, als wäre das schon eine halbe Ewigkeit her. Hier in diesem Raum waren sie über das Parkett gewirbelt, hatten Spaß gehabt und einander angespornt. Hier hatten sie Walzer getanzt und hier hatte Matt sie schließlich geküsst. Franzi schloss die Augen. Sie erinnerte sich wieder an das Prickeln auf ihren Lippen und das Glücksgefühl, das durch ihren Körper geströmt war.
Langsam ließ sie sich zu Boden sinken. Alle Energie hatte sie verlassen. Sie fühlte sich wie eine Marionette, der jemand die Fäden abgeschnitten hat. Ihre Kehle war eng und der Hals trocken. Tränen stiegen ihr in die Augen. Franzi versuchte nicht, sie aufzuhalten. Sie vergrub das Gesicht in den Händen und begann heftig zu weinen.
Irgendwann versiegten die Tränen und Franzis Schluchzen wurde leiser. Sie wusste nicht, wie viel Zeit vergangen war. Die Sonne war hinter einer dicken Wolke verschwunden, im Raum herrschte ein für die Tageszeit viel zu düsteres Zwielicht. Vielleicht würde es ein Gewitter geben.
Franzi fühlte sich müde und leer. Hinter ihren Schläfen pochte es, Kopfschmerzen kündigten sich an. Sie beschloss, zurück zur Hütte zu gehen und sich aus Kims Kulturbeutel eine Schmerztablette zu holen. Doch als sie gerade aufstehen wollte, hörte sie ein Geräusch. Es kam aus dem Vorraum, zu

dem die Tür nur angelehnt war. Franzi spitzte die Ohren. Es klang wie ein Glucksen. Wenige Sekunden später stieg ihr ein stechender Geruch in die Nase. Sie brauchte eine Weile, um ihn einzuordnen. Benzin!

Im ersten Moment war Franzi wie erstarrt. Dann machte es endlich »klick« in ihrem Kopf und sie sprang auf. Der Benzingeruch konnte nur eins bedeuten: Der Brandstifter wollte wieder zuschlagen. Und sie hatte die einmalige Gelegenheit, ihn auf frischer Tat zu ertappen! Offenbar hatte er noch nicht gemerkt, dass er nicht allein im Gebäude war.

Auf Zehenspitzen schlich Franzi über das Parkett. Sie versuchte, ihre Füße so aufzusetzen, dass die Turnschuhe nicht quietschten. Wenn sie den Brandstifter verscheuchte, war alles verloren.

Doch da sah sie bereits helle Flammen im Vorraum auflodern. Franzi spurtete zur Tür und stieß sie auf, aber es war zu spät. Die Flammen hatten sich blitzschnell ausgebreitet und leckten gierig an den Holzwänden. Der Brandstifter war verschwunden. Und Franzi war der Fluchtweg abgeschnitten. Das Feuer prasselte laut, dichter Rauch quoll in den Trainingsraum. Er brannte in Franzis Augen und in ihrer Kehle. Sie hustete und zog die Tür schnell zu. Sie war gefangen!

Franzi versuchte die Angst zu unterdrücken, die plötzlich in ihr aufstieg. Es brachte nichts, wenn sie in Panik ausbrach. Sie musste ruhig bleiben und überlegen, was sie tun sollte. Noch war im Trainingsraum genug Luft zum Atmen, aber das würde sich bald ändern. Der Qualm drang bereits unter dem Türschlitz hindurch. Die Flammen im Vorraum schlu-

gen immer höher. Franzi musste etwas unternehmen – und zwar schnell!
Verzweifelt sah sie sich nach einem zweiten Ausgang um. Fehlanzeige. Die einzige Tür führte zum Vorraum. Blieben nur noch die Fenster. Die Griffe waren so weit oben, dass Franzi selbst auf Zehenspitzen nicht herankam. Sie suchte den Raum nach etwas ab, das ihr als Leiter-Ersatz dienen konnte. Ein Tisch, ein Stuhl, irgendwas. Schließlich fiel ihr Blick auf die Stereoanlage in der Ecke. Franzi flitzte los. Die Anlage war alt und schwer. Franzi lief der Schweiß über die Stirn, während sie mit aller Kraft versuchte, das wuchtige Gerät über das Parkett zu schieben. Die Temperatur im Raum war bereits um ein paar Grad gestiegen und die Luft wurde immer schlechter. Der Rauch verbreitete sich beinahe unmerklich wie giftiger Nebel und nahm Franzi den Atem. Sie hielt sich schützend den Arm vor das Gesicht, doch mit einer Hand ließ sich die Anlage kaum noch bewegen. Also warf sich Franzi mit voller Wucht dagegen und schaffte es so, sie zur Fensterfront zu befördern.
Wieder musste Franzi husten. Ihr wurde schwindelig. Sie hatte nur noch einen Gedanken: Raus hier!
Mit letzter Kraft kletterte sie auf die Anlage und streckte die Hand nach dem rettenden Fenstergriff aus. Doch sosehr sie auch daran rüttelte, er bewegte sich keinen Millimeter. Die Fenster waren abgeschlossen!
Tränen schossen Franzi in die Augen. Ob aus Verzweiflung oder wegen des immer dichter werdenden Qualms, wusste sie nicht. Sie musste an ihre Eltern denken, die keine Ahnung hatten, in welcher Gefahr sie schwebte. Und an Benni,

ihren guten Freund und Skaterkumpel, der ihr immer treu zur Seite gestanden hatte. Auch Toms Gesicht zog kurz vor ihrem inneren Auge vorbei. Er lächelte ihr zu. Franzi fiel ein, dass sie sich nicht einmal mehr mit Marie versöhnt hatte. Ihr Streit kam ihr plötzlich total lächerlich vor. Warum hatten sie sich wegen Matt nur derart angegiftet? Das war der Typ doch gar nicht wert!

Eine plötzliche Wut überkam Franzi. Sie würde nicht zulassen, dass hier und jetzt alles vorbei war. Sie würde kämpfen bis zum letzten Atemzug. Entschlossen hob sie den Arm und knallte den Ellbogen gegen das Fenster. Es tat höllisch weh, aber das Glas hatte nicht einmal einen Kratzer bekommen. Es vibrierte nur leicht. Franzi biss die Zähne zusammen und probierte es noch einmal. Beim dritten Versuch zog sich endlich ein Spinnennetz aus feinen Rissen über das Fenster und das erlösende Geräusch von zersplitterndem Glas übertönte für einen Moment das Tosen des Feuers. Franzi kniff die Augen zusammen, als tausend kleine Glassplitter auf sie herabregneten. Sie landeten auf ihren Haaren und in ihrem Gesicht, aber Franzi bemerkte es kaum. Sie spürte nur den kühlen Luftzug, der durch das Loch in den Raum wehte. Sie riss den Mund auf und sog den frischen Sauerstoff ein wie eine Ertrinkende.

Plötzlich ertönte hinter ihr ein lauter Knall. Erschrocken fuhr sie herum. Im Vorraum war ein Dachbalken eingestürzt und hatte die Tür unter sich begraben. Die Flammen schlugen nun ungehindert in den Trainingsraum. Die Zeit wurde knapp. Franzi zog vorsichtig die scharfen Splitter aus dem Rahmen, um beim Rausklettern nicht aufgespießt zu werden. Dann schwang sie ein Bein über die Fensterbank, zog sich langsam hoch und sprang. Sie landete auf einem schmalen Rasenstreifen und rollte sich geschickt ab. Eine Weile blieb sie einfach liegen und genoss es, wieder frei atmen zu können. Die Grashalme drückten kühl gegen ihre Wange, und ihre Lungenflügel füllten sich mit herrlich duftender Waldluft.

Schließlich setzte sie sich langsam auf und schüttelte die Splitter aus ihren Haaren. Die Ärmel ihrer Trainingsjacke waren total zerfetzt und ihr rechter Ellbogen blutete. Aber sonst ging es ihr gut. Ihr Schutzengel hatte mal wieder ganze Arbeit geleistet.

»Das war wirklich Rettung in letzter Sekunde«, murmelte Franzi.

Der Rauch stand inzwischen wie eine hohe Säule über dem Gebäude. Flammen schlugen aus den Fenstern des Vorraums. Die ersten Campteilnehmer kamen angerannt, aufgeregte Stimmen ertönten. Franzi rappelte sich auf. Dabei bemerkte sie einen kleinen glänzenden Gegenstand direkt vor sich im Gras. Sie bückte sich und hob ihn auf. Es war ein silberner Ohrring mit buntem Edelsteinbesatz. Franzi steckte ihn ein und bahnte sich einen Weg durch die immer dichter werdende Menge der Schaulustigen. Ein paar Leute warfen ihr neugierige Blicke zu, aber das war Franzi egal. In der Ferne hörte sie eine Sirene. Die Feuerwehr war offenbar schon unterwegs. Es gab nichts mehr für sie zu tun. Sie wollte jetzt nur noch eins: eine heiße Dusche und ihre Ruhe.

Heiße Spur oder falsche Fährte?

Zwei Stunden später war das Feuer gelöscht. Außer Franzi war niemand zu Schaden gekommen, aber das Gebäude war völlig zerstört. Es hatte sich schnell herumgesprochen, dass Franzi im Trainingsraum gewesen war, als der Brand ausbrach. Im Handumdrehen hatten sich die wildesten Gerüchte über ihre Flucht verbreitet. Einige wollten gesehen haben, wie sie übers Dach hinausgeklettert war, andere behaupteten, die Feuerwehr habe sie gerettet. Franzi selbst hatte bisher lediglich Bob Marten und einem Mann von der Feuerwehr die wahre Version der Ereignisse geschildert. Der Campleiter hatte darauf bestanden, dass sie von einem Arzt untersucht wurde, um sicherzugehen, dass sie keine Rauchvergiftung oder andere Verletzungen davongetragen hatte. Der Arzt hatte aber nur Prellungen, blaue Flecken und einen aufgeschürften Ellbogen festgestellt. Dann war Franzi wieder entlassen worden.

Jetzt saß sie mit Kim und Marie in ihrer Hütte, um ein außerplanmäßiges Clubtreffen abzuhalten. Kim hatte eine Tafel Schokolade auf den Tisch gelegt und stopfte sich einen Riegel nach dem anderen in den Mund. Sie sah immer noch total aufgewühlt aus.

»Ich kann es einfach nicht fassen, dass du nur um Haaresbreite einer Katastrophe entgangen bist«, nuschelte sie mit vollem Mund. »Das macht mich total fertig. Stell dir vor, die Fenster wären aus Sicherheitsglas gewesen, dann hättest du keine Chance gehabt!«

»Waren sie aber nicht«, beruhigte Franzi ihre Freundin. »Reg dich ab, es ist ja noch mal gut gegangen.« Sie behielt für sich, dass ihr immer noch die Knie schlotterten, wenn sie an das prasselnde Feuer und den dichten Qualm dachte.

»Übrigens finde ich, ihr könntet euch endlich wieder vertragen.« Kim gestikulierte wild mit dem Schokoriegel in ihrer Hand. »Immerhin war Franzi heute in Todesgefahr, das rückt doch alles in ein anderes Licht, oder? Und wir müssen dringend weiterermitteln, um diesen gefährlichen Brandstifter zu stoppen, bevor er noch mehr Unheil anrichtet …«

Marie saß im Schneidersitz auf ihrem Bett. Bisher hatte sie nicht viel gesagt. Sie hatte Franzi nach dem Brand kurz, aber fest umarmt, war danach jedoch gleich wieder auf Distanz gegangen. Sie schien nachzudenken. »Lass uns einen Waffenstillstand schließen«, schlug sie vor. »Während der Ermittlungen vergessen wir unseren Streit, okay? Wie es danach weitergeht, sehen wir dann.«

Franzi nickte erleichtert. »Einverstanden.« Sie war froh, dass Marie den ersten Schritt gemacht hatte. Vielleicht war ja irgendwann doch wieder so etwas wie Vertrauen und Freundschaft zwischen ihnen möglich. Franzi wusste inzwischen, dass sie Marie nicht verlieren wollte. Aber sie konnte die Sache mit Matt auch nicht so einfach vergessen.

»Prima!« Kim grinste zufrieden. »Dann konzentrieren wir uns jetzt auf den Fall. Erzähl noch mal ganz genau, was passiert ist.«

Franzi berichtete in allen Einzelheiten von ihrem verpatzten Training, den merkwürdigen Geräuschen, dem Benzingeruch und den Flammen.

»Und du hast den Brandstifter nicht gesehen?«, fragte Kim.
Franzi schüttelte den Kopf. »Leider nicht. Er war schon weg, als ich die Tür erreicht hatte. Ich glaube, er hat gar nicht gemerkt, dass noch jemand im Gebäude war.«
»Auf jeden Fall wissen wir diesmal, dass der Brand absichtlich gelegt wurde«, stellte Marie fest. »Und wir müssen den Täter so schnell wie möglich fassen.«
Da fiel Franzi etwas ein. Sie zog das silberne Schmuckstück aus ihrer Hosentasche und hielt es hoch. »Seht mal, was ich gefunden habe.«
»Ein Ohrring!«, rief Kim überrascht. »Wo hast du den denn her?«
»Er lag vor dem Trainingsraum im Gras«, antwortete Franzi. »Gut möglich, dass er schon länger dort gelegen hat …«
»… oder der Täter hat ihn bei seiner überstürzten Flucht verloren«, vervollständigte Marie den Satz. »Zeig mal her.«
Franzi reichte ihr den Ohrring und Marie betrachtete ihn genau. »Ich weiß, wem er gehört!«, rief sie triumphierend. »Ute Toben! Sie hat diese Ohrringe am ersten Abend im Camp getragen. Sie sind mir aufgefallen, weil sie so einen ungewöhnlichen Edelsteinbesatz haben. Ich hab mich noch gefragt, von welchem Designer sie wohl stammen.«
Kim lachte. »Manchmal ist es wirklich nützlich, dass du so ein Modefreak bist. Ich hätte den Ohrring nie im Leben wiedererkannt.«
Franzi runzelte die Stirn. »Ob Ute Toben den Brand gelegt hat?«
»Vergiss nicht den Benzinkanister im Campleiter-Büro«, warf Kim ein. »Bob könnte es ebenfalls gewesen sein.«

»Am besten behalten wir beide im Auge.« Marie stand auf. »Sorry, aber ich muss jetzt los. Bin noch verabredet.«
Franzi biss sich auf die Zunge. Sie hätte gern gewusst, ob Marie ein Date mit Matt hatte, verkniff sich die Frage aber. Sie wollte den gerade geschlossenen Waffenstillstand nicht gleich wieder brechen. Also verabschiedete sie Marie nur mit einem lässigen »Bis später!«.
»Alles in Ordnung?«, fragte Kim, nachdem Marie die Hütte verlassen hatte.
Franzi nickte schnell. »Klar.«
Dass sich der Verrat von Matt und Marie immer noch wie eine heiße Nadel in ihr Herz bohrte, ging schließlich nur sie selbst etwas an.

Da Kim und Marie am nächsten Tag an ihren Workshops teilnehmen mussten, hatte Franzi die Beschattung von Ute Toben übernommen. Sie war froh, etwas Sinnvolles zu tun zu haben, und heftete sich gleich nach dem Frühstück an die Fersen der Journalistin.
Ute Toben verließ nach einer kurzen Morgenbesprechung mit ihrem Team allein den Speisesaal und ging zügig in Richtung Wald. Franzi schlenderte so unauffällig wie möglich hinterher. Was hatte die Journalistin vor? Sie war nicht der Typ für einsame Morgenspaziergänge in der freien Natur. In ihren hochhackigen Schuhen und mit dem schmal geschnittenen Kostüm wirkte sie zwischen den Bäumen völlig fehl am Platz. Sie fluchte, als sie fast über eine Wurzel stolperte, und blieb mitten auf dem Weg stehen. Franzi versteckte sich rasch hinter einem Baum.

Ute Toben zog ihr Handy hervor und sah auf das Display. Sie ging noch ein paar Schritte weiter, nickte zufrieden und tippte eine Nummer ein. Jetzt ging Franzi ein Licht auf. Die Journalistin hatte eine Stelle im Wald entdeckt, an der es Handyempfang gab! Daher kam also ihr plötzliches Interesse an der Natur. Franzi spitzte die Ohren, als Ute Toben zu telefonieren begann.

»Hallo, ich bin's! Sorry, ich konnte mich nicht eher melden. Auf dem Gelände ist der Empfang zu schlecht, darum muss ich zum Telefonieren jedes Mal in den Wald laufen … Ich sag's dir, das ist die totale Pampa hier. Ich bin froh, wenn ich wieder in der Stadt bin … Nein, ich bleibe noch eine Weile. Es entwickelt sich alles prächtig. Erst die Kakerlaken, dann die Diebstähle und jetzt schon der zweite Brandanschlag. Wenn das keine super Story ist! Mal sehen, was als Nächstes passiert. Hast du inzwischen etwas über Bob Marten herausgefunden?«

Sie lauschte konzentriert und Franzi trat ungeduldig von einem Fuß auf den anderen. Sie hätte zu gerne gewusst, was der Gesprächspartner am anderen Ende der Leitung zu erzählen hatte. Ute Tobens Gesicht nahm plötzlich einen überraschten Ausdruck an.

»Ist nicht wahr!«, rief sie. »Bist du sicher?« Ihre rot geschminkten Lippen verzogen sich zu einem Lächeln. »Das ist ja der Hammer! Wenn wir damit an die Öffentlichkeit gehen, ist er ein für alle Mal erledigt. Das ist der Stoff, aus dem Titelstorys gemacht sind! … Ja, ja, ich überprüf das. Und du bist ganz sicher, dass Bob Marten als Schüler wegen Brandstiftung verurteilt wurde? … Okay, also nur eine Jugendstrafe. Na ja, bes-

ser als nichts. Aha, damals hat er also Scheunen angezündet. Heute hat er sich offenbar auf Holzhütten verlegt.« Sie lachte. »Klar, mach ich. Mit der Sache kommen wir ganz groß raus, da bin ich mir sicher. Und danke für die Infos! Ciao!«
Ute Toben steckte das Handy weg, drehte sich auf dem Absatz um und stöckelte so schnell, wie es der unebene Waldboden zuließ, zurück zum Camp. Dabei summte sie gut gelaunt vor sich hin. Franzi presste sich flach gegen den Baumstamm und wartete, bis die Journalistin zwischen den Kiefern verschwunden war. Dann kam sie aus ihrem Versteck. Sie musste erst mal verdauen, was sie gerade gehört hatte. Bob Marten hatte offenbar Dreck am Stecken. Es sah alles danach aus, als hätte er früher schon gerne gezündelt.
Franzi warf einen Blick auf ihre Armbanduhr. Sie stöhnte vor Ungeduld. Es dauerte noch eine halbe Ewigkeit, bis die Workshops zu Ende waren. Dabei konnte sie es kaum erwarten, Kim und Marie die aufregenden Neuigkeiten zu erzählen.
Ausgerechnet heute hatten Nick und Sabrina eine extra Gesangsprobe angesetzt, sodass die Mittagspause für die Workshop-Teilnehmer ausfiel. Die Zeit im Camp war fast vorbei, morgen Abend sollte das große Abschlusskonzert stattfinden. Alle waren in heller Aufregung deswegen und übten fieberhaft, um ihre Darbietungen für den wichtigen Auftritt noch zu perfektionieren.
So kam es, dass Franzi erst beim Abendessen mit ihren Freundinnen sprechen konnte. Sie berichtete von dem belauschten Telefonat.
Kim ließ überrascht die Gabel sinken. »Bob Marten hat als Jugendlicher gezündelt?«

Franzi nickte. »Er soll ein paar Scheunen angesteckt haben.«
»Damit ist er wieder auf Platz 1 der Verdächtigenliste«, stellte Marie fest. »Schade eigentlich, ich fand ihn ziemlich nett ...«
»Abgesehen davon, dass er mich in Todesgefahr gebracht hat.« Franzi strich sich dick Butter auf ihr Brötchen. »Ute Toben ist jetzt wohl aus dem Rennen, oder?«
»Ich glaube nicht, dass sie etwas mit den Bränden zu tun hat«, sagte Kim. »Vielleicht hat sie den Ohrring tatsächlich zufällig vor dem Trainingsraum verloren.«
»Oder Bob hat ihn dort platziert, um eine falsche Fährte zu legen«, überlegte Franzi. »Das wäre allerdings ganz schön gerissen.«
Marie dachte schon einen Schritt weiter. »Die große Frage ist jetzt: Wie sollen wir ihm die Taten nachweisen?«
Kim seufzte. »Das wird nicht leicht. Bisher hat er seine Spuren ziemlich gut verwischt.«
»Außerdem wird die Zeit langsam knapp.« Franzi belegte ihr Brötchen mit zwei Wurstscheiben und biss hinein. »Morgen ist schon das Abschlusskonzert und danach ist das Camp vorbei«, nuschelte sie.
Kim verzog das Gesicht. »Erinnere mich bloß nicht daran! Mir wird ganz schlecht, wenn ich nur an das Konzert denke. Wahrscheinlich falle ich in Ohnmacht, sobald ich auf der Bühne stehe, und mache mich absolut lächerlich.«
Marie klopfte ihr auf die Schulter. »Du schaffst das schon. Nick hat mir erzählt, du hättest dich total gut entwickelt.«
»Ehrlich?« Kim machte ein erfreutes Gesicht. »Na ja, immerhin einer, der an mich glaubt ...«
»Wie läuft's eigentlich mit Michi?«, erkundigte sich Franzi.

Sie hatte ein schlechtes Gewissen, weil sie in letzter Zeit so mit ihren eigenen Problemen beschäftigt gewesen war, dass sie Kims Beziehungskrise komplett vergessen hatte. »Habt ihr euch inzwischen ausgesprochen?«
Kim schüttelte traurig den Kopf. »Zwischen uns herrscht immer noch Eiszeit. Ich trau mich einfach nicht, mit Michi zu reden. Was, wenn er sich längst für Cherry entschieden hat?«
»Das glaube ich nicht«, sagte Marie. »Er macht eher den Eindruck, als würde er furchtbar unter eurer Krise leiden. Immer, wenn du nicht darauf achtest, sieht er dich mit so einem traurigen Blick an … Du solltest wirklich mit ihm reden.«
Kim seufzte. »Vielleicht schaff ich's ja, wenn wir wieder zu Hause sind. Jetzt brauche ich all meine Energie für den Auftritt morgen.«

Eine Viertelstunde später verließen die drei !!! die Kantine. Auf dem Rückweg zu ihrer Hütte schlenderte ein Pärchen vor ihnen her.
Franzi runzelte die Stirn. »Ist das nicht Matt?«
Marie nickte. »Aber wer ist das Mädchen?«
»Die kenne ich«, sagte Kim. »Sie heißt Melanie und geht in meinen Workshop. Schüchterner Typ, aber sonst ganz nett.«
Matt und Melanie schlugen den Pfad zum See ein. Franzi wusste, dass Marie genau denselben Verdacht hatte wie sie.
»Was hältst du von einem kurzen Abstecher zum See?«, fragte Franzi beiläufig.
»Super Idee«, antwortete Marie.
Kim grinste. »Ich geh schon mal vor zur Hütte. Viel Erfolg!«

Nachdem Kim abgebogen war, nahmen Franzi und Marie unauffällig die Verfolgung auf. So leise wie möglich folgten sie dem Pärchen durch den Wald. Franzi kannte den Weg.
»Er geht mit ihr zu der kleinen Wiese am See«, flüsterte sie.
Marie nickte. »Als er mit mir dort war, hat er behauptet, er hätte diesen Platz noch niemandem gezeigt.« Sie war etwas blass um die Nase.
Franzi schnaufte verächtlich. »Wer's glaubt, wird selig! Wahrscheinlich war er schon mit der Hälfte der weiblichen Campteilnehmer dort.«
Sie ließen sich etwas zurückfallen, damit Matt sie nicht bemerkte. Als sie sich der Wiese näherten, hatten sich Matt und Melanie bereits im Gras niedergelassen. Franzi hörte ihre leisen Stimmen. Es war fast wie ein Déjà-vu. Nur dass sie diesmal wusste, was sie erwartete.
Leise pirschten Marie und Franzi durchs Unterholz. Hinter einem Busch, der direkt an die Wiese grenzte, blieben sie stehen und spitzten die Ohren.
»Weißt du, was mir als Erstes an dir aufgefallen ist?«, fragte Matt gerade. »Deine Augen! Ich hab mich in ihrem Braun verloren und bis jetzt nicht wieder herausgefunden.«
Franzi zuckte zusammen, als ein wütender Schrei die Luft zerriss. Doch diesmal kam er nicht aus ihrem, sondern aus Maries Mund. Maries Gesicht war kalkweiß, aber ihre Augen funkelten angriffslustig. Sie sprang auf die Wiese und baute sich vor Matt auf.
»Was fällt dir eigentlich ein?«, fuhr sie ihn an. »Mir gaukelst du die große Liebe vor, dabei triffst du dich nebenher noch mit anderen Mädchen und erzählst allen dasselbe Schmalz!

Ich kann einfach nicht glauben, dass ich darauf hereingefallen bin!«

Franzi trat neben Marie. Wie zwei Rache-Engel sahen sie auf Matt herab, der völlig verdutzt im Gras hockte. »Tja, so ist er eben, unser Matt. Er muss immer mehrere Eisen im Feuer haben. Wahrscheinlich braucht er das für sein Ego.«

Melanie sprang auf. »Heißt das, ich bin gar nicht die Erste, der du diesen Platz zeigst?«

»Äh … na ja … also, eigentlich …«, begann Matt, doch Melanie ließ ihn nicht ausreden.

»Du gemeiner Lügner!« Sie holte aus und verpasste Matt eine schallende Ohrfeige. Sofort zeichneten sich fünf rote Striemen auf seiner Wange ab. »Und ich hab dir vertraut! Wag es ja nicht, noch einmal in meiner Nähe aufzutauchen. Ich will dich nie wiedersehen!« Sie drehte sich um und rauschte davon.

»Das war deutlich.« Franzi grinste. »Diese Melanie gefällt mir.«

»Mir auch.« Marie warf Matt einen verächtlichen Blick zu. »Und du bist ab sofort für mich gestorben.« Sie griff nach Franzis Arm. »Komm, wir gehen. Ich hab nicht die geringste Lust, noch mehr Zeit mit diesem Loser zu verschwenden.«

Erhobenen Hauptes verließen Franzi und Marie die Wiese, ohne den verdatterten Matt eines weiteren Blickes zu würdigen.

Als sie auf den Waldpfad einbogen, der zum Camp führte, schüttelte Marie fassungslos den Kopf. »Ich war so was von blind! Ich hab mir tatsächlich eingeredet, ich sei etwas Besonderes für Matt.«

»Mach dir nichts draus«, sagte Franzi tröstend. »Mir ging es genauso. Matt kann ziemlich überzeugend sein, was?«
Marie nickte. »Er hat mir geschworen, zwischen euch wäre nichts gelaufen.« Sie blieb stehen und sah Franzi direkt in die Augen. »Es tut mir leid. Ich hätte ihm nicht mehr glauben dürfen als dir. Das werde ich mir nie verzeihen.«
Franzi lächelte. Sie fühlte sich plötzlich so leicht, als wäre eine Zentnerlast von ihrem Herzen gefallen. Erst jetzt merkte sie, wie sehr sie der Streit mit Marie belastet hatte. »Entschuldigung angenommen. Aber eins musst du mir versprechen: Ab sofort wird nie wieder ein Junge zwischen uns stehen, okay?«
»Abgemacht!« Marie strahlte über das ganze Gesicht. Gleichzeitig glitzerten Tränen in ihren Augen. Es würde sicher eine Weile dauern, bis sie Matt endgültig vergessen konnte.
Franzi und Marie fielen einander in die Arme. »Kein Junge der Welt ist es wert, dass wir uns streiten«, murmelte Franzi und drückte ihre Freundin fest an sich.

Das große Abschlusskonzert

»Gott, bin ich nervös!«, stöhnte Kim. »Warum tue ich mir das eigentlich an?«

»Weil du dir und allen anderen beweisen willst, dass du eine tolle Sängerin bist und dein Lampenfieber überwinden kannst«, sagte Franzi, während sie Kim vorsichtig einen dunklen Lidstrich zog. Dann begann sie, mit zartrosa Rouge etwas Farbe auf Kims blasse Wangen zu zaubern. Kims Hände zitterten so sehr, dass sie sich unmöglich selbst schminken konnte.

Es war so weit. Der wichtigste Abend des Camps stand unmittelbar bevor. Das große Abschlusskonzert sollte draußen am Seeufer stattfinden. Fleißige Helfer hatten bereits eine kleine Bühne am Ufer aufgebaut. Daneben stand das Backstage-Zelt, in dem sich inzwischen die meisten Campteilnehmer eingefunden hatten, um sich für ihren Auftritt zurechtzumachen. Alle rannten nervös hin und her, viele hatten Lampenfieber, aber auch ein Hauch von Vorfreude wehte durch das Zelt.

»Ich kann meine Solo-Nummer kaum erwarten.« Marie, die neben Kim vor dem Spiegel stand, bürstete ihre blonden Haare, bis sie glänzten. »Endlich wieder auf der Bühne stehen, herrlich!«

Franzi seufzte. Sie wäre heute auch gern mit ihrer Tanzgruppe aufgetreten, aber da die Diebstähle immer noch nicht aufgeklärt waren, würde sie das Abschlusskonzert nur als Zuschauerin miterleben. Sie hatte jedoch beschlossen, den Abend trotzdem zu genießen. Es brachte schließlich nichts, schmollend in der Ecke zu sitzen.

»So, fertig.« Franzi betrachtete Kims Gesicht im Spiegel. »Was sagst du?«

»Perfekt.« Kim lächelte ihr zu. »Vielen Dank! Jetzt fühle ich mich schon viel besser.«

Bob Marten erschien im Zelteingang und klatschte in die Hände. »Gleich ist es so weit, Leute! In fünf Minuten beginnt die Show. Leonard, du bist als Erster dran. Bist du fertig?«

Leonard nickte. Er trug einen schwarzen Anzug mit weißer Fliege und würde eine Opernarie vortragen.

Franzi umarmte ihre Freundinnen. »Toi, toi, toi! Ich drück euch die Daumen.« Dann verließ sie das Zelt, um sich einen guten Platz zu suchen.

Die Zuschauerreihen hatten sich bereits gefüllt. Franzi fand einen freien Stuhl in der dritten Reihe und ließ sich darauf nieder. Die Sonne ging gerade hinter der Bühne unter und der See lag wie ein schwarzer Diamant zwischen den Bäumen. Es war die perfekte Kulisse für eine bombastische Show.

Pünktlich um acht Uhr betrat Bob Marten die Bühne. Er wurde mit stürmischem Applaus begrüßt, den er lässig winkend entgegennahm.

»Guten Abend, liebe Gäste!«, rief er in die Menge. »Vielen Dank, dass Sie so zahlreich zu unserem Abschlusskonzert erschienen sind! Sie werden es nicht bereuen, das verspreche ich Ihnen. Denn ich darf Ihnen heute Abend eine Reihe junger Künstler präsentieren, von denen man bestimmt noch viel hören wird. Wir beginnen mit einem Vertreter des klassischen Fachs. Freuen Sie sich mit mir auf Leonard Meierhoff!«

Die Zuschauer klatschten höflich, als Leonard erschien. Zuerst wirkte er etwas verloren auf der großen Bühne. Doch das änderte sich schlagartig, als die Musik einsetzte und er zu singen begann. Franzi lauschte fasziniert. Leonards Stimme klang tief und voll und er legte jede Menge Gefühle hinein. Franzi verstand kein Wort vom italienischen Text der Arie, aber sie war sich ganz sicher, dass es um eine verlorene Liebe, Trauer und abgrundtiefe Verzweiflung ging. Auch die anderen Zuhörer waren völlig gebannt von Leonards Auftritt. Nachdem der letzte Ton verklungen war, applaudierte das Publikum begeistert. Leonard verbeugte sich mit hochrotem Kopf, bevor er schnell die Bühne verließ.

Als Nächstes waren Conny und Insa an der Reihe. Ihr Auftritt wirkte gegen Leonards Darbietung ziemlich schwach. Sie sangen einen Popsong und zappelten dabei ein bisschen auf der Bühne herum. Franzi musste Sabrina insgeheim recht geben: Die beiden hatten nur sehr durchschnittliche Stimmen und würden es vermutlich nicht weit bringen. Dementsprechend spärlich fiel auch der Applaus aus.

Jetzt war Kims großer Moment gekommen. Franzi klatschte wie verrückt, als Kim hinter zwei Mädchen aus ihrem Workshop auf die Bühne kletterte. Alle drei trugen schlichte schwarze Outfits und waren zurückhaltend geschminkt. Kim war immer noch sehr blass. Sie stand kerzengerade hinter ihrem Mikro und vermied es, ins Publikum zu schauen.

»Komm schon, Kim, du schaffst das!«, murmelte Franzi.

Die drei Mädchen trugen einen Song vor, der sehr langsam

begann, dann aber immer rockiger wurde. Ihre Stimmen harmonierten perfekt miteinander und man merkte deutlich, dass sie Spaß am Singen hatten. Sogar Kim taute allmählich auf und wurde etwas lockerer. Sie schwang synchron mit ihren Partnerinnen die Hüften und ein leichtes Lächeln spielte um ihre Lippen. Die gute Stimmung übertrug sich auf das Publikum, das rhythmisch mitzuklatschen begann. Auch ihren Solo-Part bekam Kim super hin und erntete dafür sogar einen kurzen Extra-Applaus.
Am Ende des Auftritts verbeugten sich die drei Sängerinnen und genossen den Jubel der Zuhörer. Kim winkte Franzi ausgelassen zu. Sie sah richtig glücklich aus.
Als Letzte vor der Pause betrat Alissa die Bühne. Franzi hätte das unscheinbare Mädchen aus Kims Workshop beinahe nicht wiedererkannt. Sie trug ein langes, dunkelrotes Abendkleid und hatte ihre Haare hochgesteckt, sodass ihr schlanker Hals gut zur Geltung kam. Sie wirkte gleichzeitig wunderschön und sehr zerbrechlich. Das Intro begann. Als Alissas Stimme erklang, wurde es mucksmäuschenstill im Publikum. Auch Franzi hielt den Atem an. Alissa hatte sich für eine gefühlvolle Ballade entschieden. Sie sang voller Hingabe und schien sich völlig in der Musik zu verlieren. Den letzten Ton hielt sie unendlich lange.
Das Publikum brauchte ein paar Sekunden, um sich aus dem Zauberbann der Musik zu lösen, dann brach ohrenbetäubender Applaus los. Die Leute waren restlos begeistert. Sie sprangen von ihren Plätzen auf und feierten Alissas Darbietung mit stehenden Ovationen.
Schüchtern bedankte sich Alissa für den Applaus. Da er-

schien auch schon Bob Marten neben ihr und kündigte die Pause an. Franzi stand auf und eilte zum Backstage-Zelt, um nachzusehen, ob Kim ihren Auftritt gut überstanden hatte.

Marie warf einen letzten Blick in den Spiegel. Ihr Styling war perfekt. Sie war gleich nach der Pause an der Reihe, aber ihre Nervosität hielt sich in Grenzen. Sie liebte die Bühnenatmosphäre und freute sich auf ihren Auftritt.
Etwas weiter hinten im Backstage-Zelt war Leonard gerade dabei, seinen schwarzen Anzug sorgfältig in einer Kleiderhülle zu verstauen. Er hatte sich bereits umgezogen und nichts erinnerte mehr an den eindrucksvollen Opernsänger, der die Menge mit seiner Stimme mitgerissen hatte.
Marie zögerte. Dann gab sie sich einen Ruck und ging zu ihm hinüber.
Leonard sah überrascht auf. »Hallo, Marie.«
»Hallo.« Marie räusperte sich. »Ich wollte dir zu deinem Auftritt gratulieren. Du warst echt toll! Ich bin mir sicher, dass du mal ein super Opernsänger wirst.«
Leonard wurde rot. »Wer weiß. Bis dahin ist es noch ein weiter Weg. Du bist gleich dran, stimmt's?«
Marie nickte. »Direkt nach der Pause.«
»Dann wünsche ich dir viel Glück.« Leonard wandte sich wieder seinem Anzug zu.
»Hör mal …«, begann Marie zögernd. »Ich wollte dir noch was sagen.« Sie holte tief Luft. »Es tut mir leid, wie ich dich behandelt habe.«
Leonard runzelte die Stirn. »Was meinst du?«
»Erst hab ich dir Hoffnungen gemacht und dann hab ich

dich einfach ignoriert.« Marie schluckte. »Das war nicht fair. Wenn ich dir wehgetan habe, möchte ich mich dafür entschuldigen.«
Leonard grinste schief. »Na ja, ehrlich gesagt war ich schon etwas enttäuscht, als mir klar wurde, dass dein Interesse an mir gar nicht ernst gemeint war. Aber was soll's. Schwamm drüber. Gefühle kann man nun mal nicht erzwingen.« Er sah plötzlich traurig aus und Marie hatte das dringende Bedürfnis, ihm eine plausible Erklärung für ihr Verhalten zu liefern. Das war sie ihm schuldig.
»Ich fand dich wirklich nett, als wir uns zum ersten Mal unterhalten haben«, beteuerte sie. »Und mein Interesse war durchaus ernst gemeint. Aber dann … hab ich jemand anders getroffen, der meine ganze Aufmerksamkeit in Anspruch genommen hat. Ich hab nur noch ihn gesehen – und dabei gar nicht gemerkt, dass er mich eigentlich nur ausnutzt.« Marie stockte. Es tat immer noch weh, an Matt zu denken. »Aber ich habe etwas daraus gelernt. Man sollte niemals mit den Gefühlen anderer Menschen spielen. Darauf werde ich in Zukunft achten.« Es klang wie ein feierliches Versprechen, das Marie Leonard gab – und sich selbst.
Jetzt erschien ein echtes Lächeln auf Leonards Gesicht. »Ich nehme deine Entschuldigung an. Und ich wünsche dir alles Gute für die Zukunft, ganz ehrlich.«
»Das wünsche ich dir auch.« Als Marie durch das Zelt in Richtung Bühne ging, war ihr leicht ums Herz. Sie wusste, dass sie das Richtige getan hatte. Und das war ein verdammt gutes Gefühl. Leonard war ein wirklich netter Kerl. Schade, dass ihr das erst jetzt klar wurde, am letzten Tag des Camps.

Sie hatte genug Zeit gehabt, um ihn kennenzulernen, aber sie hatte ihre Chance verpasst. Andererseits konnte man nie wissen, was die Zukunft bringen würde. Wer wusste schon, ob sie sich nicht eines Tages doch wiedersehen würden?!

»Kim!«

Kim, die vor dem Backstage-Zelt stand und gerade von Franzi zu ihrem Auftritt beglückwünscht wurde, fuhr herum.

»Michi!« Das Blut schoss ihr in die Wangen und ihr Herzschlag setzte einen Moment aus.

»Bis später«, flüsterte Franzi, bevor sie sich anzüglich grinsend verdrückte.

Michi kam mit langen Schritten näher. Sein Anblick wirkte gleichzeitig fremd und vertraut. Kim kam es so vor, als hätten sie sich seit Ewigkeiten nicht mehr gesehen.

»Ich muss mit dir reden.« Michi blieb direkt vor ihr stehen.

Kim schluckte. Sie wusste nicht, ob sie hören wollte, was er zu sagen hatte. Was, wenn er gleich verkündete, dass Cherry seine neue Traumfrau war und er sich deshalb von Kim trennen wollte? Das würde sie nicht überleben, so viel war klar. Trotzdem versuchte sie, so gefasst wie möglich zu wirken. »Was gibt es denn?«

Michi lächelte. »Erst mal wollte ich dir gratulieren. Ich hab deinen Auftritt gesehen. Du warst toll! Ich war echt hin und weg. Ich wusste gar nicht, dass du so gut singen kannst.«

Kim sah verlegen zu Boden. »Danke. Das ist nett von dir.«

Michi holte tief Luft. »Und dann wollte ich dir sagen, dass … dass …« Kim hielt den Atem an. Jetzt war es so weit! Der

Moment der Wahrheit war gekommen. »Ich wollte dir sagen, dass du mir fehlst. Und dass ich diese Ungewissheit nicht länger aushalte. Wenn du dich in Nick verliebt hast, sag es mir bitte sofort. Ich will endlich wissen, woran ich bin.«

Kims Kopf fuhr hoch. Verwirrt sah sie Michi an. »Verliebt in Nick? So ein Unsinn! Wie kommst du denn darauf?«

»Na ja …« Michi kratzte sich verlegen am Kopf. »Ich hab euch letztens im Speisesaal beobachtet. Ihr habt so vertraut miteinander gewirkt. Und du hast so viel Zeit mit ihm verbracht, da dachte ich …«

Kim schüttelte heftig den Kopf. »Was auch immer du gedacht hast, es ist falsch. Nick und ich sind nur gute Freunde. Tut mir leid, wenn es anders ausgesehen hat.« Jetzt war es an Kim, verlegen zu werden. »Ich … na ja … ich wollte dich eifersüchtig machen, darum hab ich ein bisschen mit Nick geflirtet. Ich war sauer, weil du deine Zeit offenbar lieber mit Cherry verbringst als mit mir.«

Ein erleichtertes Grinsen erschien auf Michis Gesicht. »Dann willst du also gar nichts von diesem Schlagerfuzzi? Herrje, bin ich froh! Und ich dachte schon, ich hätte dich an diesen Schönling verloren.«

»Du solltest nicht so über Nick reden«, sagte Kim streng. »Er ist echt nett. Ganz im Gegensatz zu Cherry. Ich verstehe einfach nicht, wie du etwas mit dieser hohlköpfigen Tussi anfangen konntest.«

»Aber ich hab doch gar nichts mit ihr angefangen«, stellte Michi klar. »Ich bin nur ein- oder zweimal abends mit ihr spazieren gegangen. Und das auch nur, weil sie mir einfach keine Ruhe gelassen hat. Ständig hat sie mir aufgelauert und mich vollgequatscht. Außerdem hattest du ja sowieso keine Zeit für mich.«

»Du warst sauer, weil ich dich wegen des Detektivclubs versetzt habe, stimmt's?«, fragte Kim.

Michi nickte. »Ich glaube, das Date mit Cherry war so eine Art Trotzreaktion. Hinterher hab ich es bitter bereut. Sie hat die ganze Zeit nur langweiliges Zeug geredet. Und sie hat sich offensichtlich mehr davon versprochen. Es war gar nicht so leicht, ihr klarzumachen, dass zwischen ihr und mir niemals etwas laufen wird.«

»Niemals?«, hakte Kim nach.

Michi schüttelte den Kopf. »Niemals. Schließlich bist du meine absolute Traumfrau.«

Kim war so erleichtert, dass sie beinahe losgeheult hätte. Zum Glück nahm Michi sie in diesem Moment in die Arme und hielt sie ganz fest. Dann berührten sich ihre Lippen und sie versanken in einem endlosen Versöhnungskuss.

Feuerteufel in Aktion

Es passierte während Maries Auftritt. Ihre engelsgleiche Erscheinung, ihre tolle Ausstrahlung und ihr glockenklarer Gesang rissen das Publikum total mit. Franzi hatte allerdings auch nichts anderes erwartet – Marie war einfach ein Naturtalent.

Als sie gerade die zweite Strophe ihrer Solo-Nummer schmetterte, bemerkte Franzi aus den Augenwinkeln eine Bewegung zwei Stuhlreihen weiter vorne. Sie drehte den Kopf und sah gerade noch, wie Bob Marten unauffällig aufstand und in der Dunkelheit verschwand. Die Sonne war inzwischen ganz untergegangen und die warme Sommernacht lag über dem See.

Franzi runzelte die Stirn. Was hatte der Campleiter vor? Sie wollte gerade Kim, die mit Michi neben ihr saß, auf sein Verschwinden aufmerksam machen, aber Kim war abgelenkt. Sie knutschte schon wieder mit Michi herum. Franzi musste grinsen. Sie war froh, dass sich die beiden endlich wieder versöhnt hatten, und gönnte Kim ihr Liebesglück aus vollem Herzen. Auch wenn das bedeutete, dass sie vorerst auf sich allein gestellt war. Das seltsame Verhalten des Campleiters ließ ihr einfach keine Ruhe. Leise stand sie auf und folgte ihm in die Nacht.

Bob Marten ging mit raschen Schritten an der Bühne vorbei in Richtung der am Waldrand provisorisch aufgestellten Toilettenhäuschen. Franzi lief hinterher. In ihrem Magen kribbelte es heftig. Sie war sich ganz sicher, dass der Camp-

leiter etwas im Schilde führte. Doch als er im hintersten Toilettenhäuschen verschwand, kamen ihr plötzlich Zweifel. Was, wenn er einfach nur aufs Klo musste?
Wenige Sekunden später öffnete sich die Toilettentür schon wieder und Bob Marten kam heraus. Er schleppte einen schweren Gegenstand. Franzi kniff die Augen zusammen, konnte in der Dunkelheit aber nicht erkennen, worum es sich handelte. Wie ein lautloser Schatten heftete sie sich an die Fersen des Campleiters, der nun zurück zur Bühne marschierte. Doch statt seinen Platz zwischen den Zuschauern einzunehmen, verschwand er hinter der großzügigen Bühnenkonstruktion, stellte den Gegenstand auf dem Boden ab und machte sich daran zu schaffen.
Franzi suchte Schutz hinter einer riesigen Kiste, in der vermutlich ein Teil des technischen Equipments transportiert wurde, und spitzte die Ohren. Sie hörte ein knirschendes Geräusch, als würde Metall auf Metall reiben. Dann gluckste es und der Wind wehte einen stechenden Geruch zu ihr hinüber. Diesmal erkannte sie ihn sofort. Ihr wurde beinahe schlecht vor Angst. Benzin!
Nach einer Weile hörte das Glucksen auf, einen Moment herrschte Stille. In Franzis Kopf setzten sich die Fakten blitzschnell zu einem schrecklichen Bild zusammen: Bob Marten hatte einen Benzinkanister auf dem Klo versteckt, den er jetzt offenbar vollständig hinter der Bühne ausgeleert hatte. Das konnte nur eins bedeuten: Der Feuerteufel wollte wieder zuschlagen! Und diesmal war sein Ziel keine leere Holzhütte und auch kein scheinbar ungenutzter Trainingsraum. Diesmal wollte er die Bühne in Schutt und Asche legen. Die

Bühne, auf der Marie stand und gerade hingebungsvoll die letzte Strophe ihres Solos sang. Franzis Herz zog sich vor Entsetzen zusammen. Sie musste verhindern, dass es ein weiteres Flammeninferno gab!
In diesem Moment leuchtete etwas in der Dunkelheit auf. Ein Feuerzeug! Im Schein der winzigen Flamme sah Franzi Bobs Gesicht. Er grinste zufrieden, während er das Feuerzeug an ein Stück Stoff hielt und dabei ein paar Schritte zurückging. Gleich würde er das brennende Stoffstück in die Benzinlache werfen, und dann war die Katastrophe nicht mehr aufzuhalten.
Franzi reagierte blitzschnell. Sie hechtete aus ihrem Versteck, sprang auf den Campleiter zu und schlug ihm den Stofffetzen aus der Hand. Das Stück Stoff landete auf dem Boden direkt neben dem ausgeschütteten Benzin. Franzi trat es schnell aus. Dabei bemerkte sie das Feuerzeug, das Bob ebenfalls fallen gelassen hatte. Der Campleiter wollte seinen Fuß daraufstellen, doch Franzi war schneller. Sie griff nach dem Feuerzeug und machte einen Satz nach hinten.
»Was soll das?«, zischte Bob. »Gib mir sofort das Feuerzeug, du dumme Göre!«
Franzi schüttelte den Kopf. »Auf keinen Fall!«
Einen Moment standen sie sich reglos gegenüber und sahen einander in die Augen. Das Mondlicht spiegelte sich auf Bobs Gesicht. Es glich einer wütenden Maske. Nichts erinnerte mehr an den locker-lustigen Alt-Rocker, der das Camp mit lässiger Hand leitete. Eine völlig fremde Person schien vor Franzi zu stehen. Eine Person, die ausgesprochen gefährlich war.

Unvermittelt machte der Campleiter einen Satz in Franzis Richtung. Sie konnte gerade noch rechtzeitig zurückweichen. Fast wäre sie in der Benzinlache ausgerutscht und hingefallen. In letzter Sekunde fing sie den Sturz ab, drehte sich um und rannte los.
Franzi lief, so schnell sie konnte. Das Feuerzeug hielt sie dabei fest umklammert. Es durfte auf keinen Fall in die Hände des Campleiters gelangen! Sie umrundete die Bühne und hielt auf die Zuschauerreihen zu. Maries Auftritt war fast zu Ende. Während sie die letzten Töne sang, hing das Publikum gebannt an ihren Lippen. Darum achtete zunächst auch niemand auf Franzi und ihren Verfolger. Bob Marten hatte sie beinahe eingeholt. Sie konnte seine trommelnden Schritte hören und seinen keuchenden Atem in ihrem Rücken spüren.
»Hilfe!« Franzi fuchtelte wild mit den Armen, ohne ihr Tempo zu verlangsamen. Aber ihre Schreie gingen im Jubel des Publikums unter, das nun begeistert applaudierte.
Marie verbeugte sich und winkte lächelnd in die Menge. Da entdeckte sie Franzi und das Lächeln verschwand von ihrem Gesicht. Marie reagierte sofort. Sie raffte ihr langes Kleid, sprang von der Bühne und nahm die Verfolgung auf. Jetzt merkten auch die Zuschauer, dass etwas nicht stimmte. Ein paar deuteten auf Franzi und den Campleiter, der ihr immer noch dicht auf den Fersen war. Unruhiges Gemurmel breitete sich aus.
»Halten Sie das Mädchen auf!«, rief Bob Marten. »Sie ist eine Diebin!«
Ein bulliger Mann wollte sich Franzi in den Weg stellen,

aber sie wich ihm geschickt aus. Aus den Augenwinkeln sah sie, wie Kim aufsprang und auf Bob Marten zustürmte. Kim rammte den Campleiter mit voller Wucht von der Seite, sodass er ein paar Schritte nach rechts taumelte. Bevor er sein Gleichgewicht wiedererlangen konnte, tauchte Marie hinter ihm auf. Sie machte einen Satz nach vorne und bekam seine Jacke zu fassen. Das brachte den Campleiter endgültig zu Fall. Gemeinsam mit Marie ging er zu Boden. Marie schlang die Arme um seinen Hals und versuchte, ihn festzuhalten. Bob Marten wehrte sich mit Händen und Füßen.

»Lass mich sofort los!«, brüllte er.

Kim und Franzi eilten Marie zu Hilfe. Auch Michi war sofort zur Stelle. Gemeinsam schafften sie es, den um sich schlagenden Campleiter auf den Boden zu drücken.

»Er wollte die Bühne in Brand stecken«, berichtete Franzi schnell. »Bob Marten ist tatsächlich der Feuerteufel!«

»Wir müssen Kommissar Peters informieren«, keuchte Marie, die auf Bob Martens Rücken hockte. »Er soll sofort herkommen und den Brandstifter verhaften.«

Kim zückte ihr Handy und wählte die Nummer des Kommissars. Zum Glück gab es hier am See einen mittelmäßigen Empfang.

Die Zuschauer waren von ihren Plätzen aufgesprungen und reckten die Hälse. Einige hatten die Worte »Brand« und »Feuerteufel« aufgeschnappt. Verwirrung und Angst spiegelten sich auf den Gesichtern.

Franzi beobachtete besorgt die aufgewühlte Menge. »Alles in Ordnung!«, rief sie beruhigend. »Der Brandstifter ist gefasst!« Aber ihre Worte gingen im allgemeinen Chaos unter.

»Wir müssen etwas unternehmen.« Auch Marie hatte die explosive Stimmung bemerkt. »Wenn die Leute in Panik geraten, kann das böse enden.«
In diesem Moment erschien Nick auf der Bühne. Er bat mit erhobenen Händen um Ruhe.
»Entschuldigen Sie bitte die Unterbrechung«, sagte er mit ruhiger Stimme. »Sie werden diesen kleinen Zwischenfall sofort vergessen, wenn ich Ihnen den Überraschungsgast des heutigen Abends ankündige. Obwohl er sich gerade im wohlverdienten Urlaub befindet, hat er sich bereit erklärt, heute für uns zu singen. Ich spreche von keinem Geringeren als von Chartstürmer Tom Jeremias!«
Beim Namen des bekannten Nachwuchsstars begann das Publikum begeistert zu jubeln. Die Gefahr einer Panik war gebannt. Franzi atmete erleichtert auf.
»Wusstest du, dass Tom Jeremias heute auftritt?«, fragte Marie überrascht. »Das ist ja der Hammer!« Sie verrenkte sich den Hals, um trotz ihrer unbequemen Position auf Bob Martens Rücken einen Blick auf die Bühne werfen zu können. Der Campleiter hatte seinen Widerstand inzwischen aufgegeben. Er lag reglos am Boden.
Franzi sah ebenfalls zur Bühne. Sie kannte Tom Jeremias aus Radio, Fernsehen und diversen Zeitschriften. Er war *der* Nachwuchsstar des letzten Jahres und hatte einen Hit nach dem anderen gelandet. Vor einer Weile war er allerdings plötzlich von der Bildfläche verschwunden. In den Klatschblättern wurde gemunkelt, er habe seinen Erfolg nicht verkraftet und einen Nervenzusammenbruch erlitten. Dass er hier im *Rock Camp* auftrat, war eine kleine Sensation.

Die Beleuchtung ging aus. Die Bühne war in absolute Dunkelheit gehüllt und im Publikum herrschte gebannte Stille. Dann ertönten leise Gitarrenklänge. Allmählich flammten die Lichter wieder auf. Tom Jeremias stand allein auf der Bühne. Er trug Jeans, T-Shirt und Turnschuhe. Franzi stutzte. So ungestylt sah er völlig anders aus als im Fernsehen oder auf den großformatigen Postern in der *Sweet*.
Aber das war doch ... War das nicht ...?
»Tom!«, flüsterte Franzi. Alle Farbe war aus ihrem Gesicht gewichen. Es war kein Zweifel möglich. Auf der Bühne stand Tom, der Sohn des Gärtners, der Junge, mit dem sie im See geschwommen war und der ihr seit ihrer ersten Begegnung nicht mehr aus dem Kopf ging. Der Junge, der sie aufgebaut hatte, als es ihr schlecht ging, und der sie so wunderbar zum Lachen bringen konnte.
»Du kennst ihn?« Maries Gesicht war ein einziges Fragezeichen.
Franzi nickte. Und ob sie ihn kannte! Der einsame Schwimmer vom See war offenbar niemand anders als Tom Jeremias, der Nachwuchsstar!

Toms Auftritt rauschte an Franzi vorbei. Sie war viel zu verwirrt, um sich auf die Musik zu konzentrieren. Nur beim letzten Song horchte sie auf. Es war das Lied, das Tom ihr vor ein paar Tagen am Seeufer vorgespielt hatte. Wieder ging Franzi die leicht melancholische Melodie durch und durch. Auch das Publikum lauschte hingebungsvoll. Tom hatte alle in seinen Bann geschlagen.
Nachdem der letzte Ton verklungen war, sah er in die Men-

ge und sagte: »Dieses Stück habe ich erst vor Kurzem geschrieben. Inspiriert dazu hat mich ein ganz besonderes Mädchen, das sehr stark und gleichzeitig sehr verletzlich ist. Ihr möchte ich diesen Song widmen. Ich bin sehr froh, ihr begegnet zu sein.«

Den darauf folgenden Applaus nahm Franzi wie aus weiter Ferne wahr. Ein Schleier aus Tränen hatte sich zwischen sie und die restliche Welt gelegt. Darum bekam sie auch kaum mit, dass Kommissar Peters eingetroffen war. Seine Kollegen kümmerten sich um Bob Marten, während Kim und Marie dem Kommissar erklärten, was vorgefallen war.

Franzi stand etwas abseits und versuchte zu verstehen, was Toms wahre Identität für sie bedeutete. Er war kein einfacher Junge, sondern ein berühmter Star. Er hatte sie angelogen. Und das änderte alles. Oder?

»Franzi!«

Toms Stimme ließ Franzi zusammenzucken. Schnell wischte sie sich die Tränen aus dem Gesicht.

»Tut mir leid, dass du es auf diese Weise erfahren musstest.« Tom stand direkt vor ihr. Er sah ernst aus. »Das war so nicht geplant. Ich hab mich ganz spontan für den Auftritt entschieden und konnte vorher nicht mehr mit dir sprechen.«

»Du brauchst dich nicht zu entschuldigen«, sagte Franzi steif. »Wahrscheinlich hast du dich die ganze Zeit über mich totgelacht, oder? Weil ich dich nicht sofort erkannt habe. Die dumme Franzi, der man den Gärtnersohn vorspielen kann und die alle Lügen glaubt, die man ihr auftischt.« Franzi schüttelte den Kopf. »Ich war so naiv! Ich dachte, du magst mich wirklich, dabei hast du nur mit mir gespielt.«

»Das stimmt nicht!« Tom sah Franzi eindringlich an. Er wollte nach ihrer Hand greifen, aber sie zog ihren Arm weg. »Ich habe nicht mit dir gespielt. Und ich hab dich auch nicht angelogen. Mein Vater ist wirklich der Gärtner hier. Und ich brauchte tatsächlich eine Auszeit. Der ganze Starrummel ist mir zu viel geworden. Mein Erfolg kam so plötzlich, dass ich keine Chance hatte, mich darauf vorzubereiten. Du weißt ja nicht, wie das ist. Ständig Konzerte, Interviews, Fernsehauftritte. Ich hab das einfach nicht mehr ausgehalten. Darum hab ich mich hierher zurückgezogen. Und dann bist du eines Morgens am See aufgekreuzt.« Er lächelte. »Ich mochte dich sofort. Und ich habe jedes Wort ernst gemeint, das ich zu dir gesagt habe.«

»Warum hast du mir verschwiegen, wer du wirklich bist?«, fragte Franzi.

»Ich wollte es dir sagen, aber … ich weiß auch nicht. Irgendwie war nie der richtige Moment. Außerdem erschien es mir nicht wichtig. Wenn wir zusammen waren, waren wir einfach nur Tom und Franzi. Ein Junge und ein Mädchen, die sich gut verstehen, die gemeinsam lachen und gemeinsam schweigen können. Das ist es doch, was wirklich zählt, oder?« Er hob die Hand und streichelte Franzi über die Wange. Diesmal wehrte sie sich nicht. Tom zog Franzi sanft an sich. »Ich mag dich wirklich sehr«, murmelte er. »Ich glaube, ich habe mich sogar ein bisschen in dich verliebt.«

Franzis Herz schlug schneller. Sie merkte, wie ihre Wut verrauchte. In Toms Armen fühlte sie sich sicher und geborgen. »Ich habe mich auch in dich verliebt«, flüsterte sie.

Tom lachte leise. »Das trifft sich doch gut, oder?« Plötzlich

huschte ein Schatten über sein Gesicht. »Ich weiß allerdings nicht, ob eine Beziehung mit mir gut für dich ist.«
Franzi sah ihn fragend an. »Wie kommst du darauf?«
»Mein Leben ist ziemlich hektisch.« Tom seufzte. »Ich bin viel unterwegs und hab sehr wenig Zeit für mein Privatleben. Meine Auszeit hier ist bald zu Ende. Ich hab ein paar neue Songs geschrieben, die ich im Studio aufnehmen werde. Und danach steht eine Tournee quer durch Deutschland an.«
»Na und?« Franzi zuckte mit den Schultern. »Ich hab auch immer viel zu tun. Wir sehen uns einfach, wenn es geht, und in der Zwischenzeit lebt jeder sein Leben.«
Erst wurden Toms Augen groß, dann grinste er. »Ich hätte wissen müssen, dass du mich überraschst. Du bist eben einfach anders als andere Mädchen. Du bist etwas ganz Besonderes.«
»Das will ich doch stark hoffen!« Franzi schlang ihre Arme um Toms Hals. »Und jetzt küss mich endlich, Superstar!«

Eins, zwei, drei – Power!!!

»Auf unseren fünfundzwanzigsten Fall!« Franzi hob ihren Kakaobecher und stieß mit Kim und Marie an.
Die drei !!! saßen im *Café Lomo* und erholten sich bei *Kakao Spezial* und Schoko-Muffins von den aufregenden Ereignissen der letzten Wochen. Die Sommerferien waren zu Ende, genauso wie die Zeit im *Rock Camp*. Vor vier Tagen waren sie nach Hause zurückgekehrt.
»Ich kann immer noch nicht glauben, dass Bob Marten der Brandstifter war«, sagte Marie. »Er wirkte immer so nett und locker.«
»Offenbar steckt hinter seiner sympathischen Fassade ein ganz anderer Mensch.« Franzi bekam immer noch eine Gänsehaut, wenn sie an den irren Blick dachte, mit dem der Campleiter sie hinter der Bühne angesehen hatte. »Er konnte es einfach nicht ertragen, dass er von einem Jüngeren abgelöst werden sollte.«
Kim nickte. »Es war, wie Bob es in dem Brief geschrieben hat: Er wollte sein geliebtes Camp lieber in den Ruin treiben, statt die Leitung abzugeben. Darum hat er die Sabotage-Aktionen unternommen.« Sie trank einen Schluck von ihrem Kakao. »Übrigens war Kommissar Peters vorhin kurz bei mir. Er hat mir meinen Laptop zurückgebracht.«
»Na, so was!« Marie schüttelte den Kopf. »Und das erzählst du erst jetzt? Wo hat er den Laptop gefunden?«
»In einem Versteck in Bobs Büro«, berichtete Kim. »Zusammen mit dem restlichen Diebesgut. Es ist alles wieder

aufgetaucht: Alissas Handy, Leonards Portemonnaie, der Schmuck – und Cherrys MP3-Player.«

Franzi verschluckte sich fast an ihrem Kakao. »Dann wurde der MP3-Player also tatsächlich gestohlen?«

»Ja, aber nicht von dir, sondern von Bob. Er hat nicht nur die Brandstiftungen begangen, sondern auch die Diebstähle.« Kim stellte ihren Becher zurück auf den Tisch. »Und Cherry hat die Gelegenheit genutzt, um dir die Schuld in die Schuhe zu schieben.«

»Diese blöde Kuh!« Franzi zog eine Grimasse. »Ich bin froh, dass ich sie jetzt nicht mehr jeden Tag sehen muss.«

»Immerhin ist damit deine Unschuld bewiesen«, sagte Marie. »Nicht dass wir je daran gezweifelt hätten …«

Franzi grinste schief. »Danke! Das weiß ich zu schätzen.« Dann fiel ihr etwas anderes ein. »Und wer hat die Kakerlaken in der Kantine ausgesetzt? War das auch Bob Marten?«

Kim schüttelte den Kopf. »Nein, in diesem Fall ist er ausnahmsweise unschuldig. Kommissar Peters hat nach einem Hinweis von Michi das Küchenpersonal befragt und herausgefunden, dass eine der Aushilfen für die Kakerlakeninvasion verantwortlich ist. Angelina hatte Streit mit dem Küchenchef und wollte ihm eins auswischen.«

»Dann hatte Ute Toben also gar nichts mit den Vorfällen im Camp zu tun, stimmt's?«, fragte Marie.

»Richtig«, bestätigte Kim. »Der Ohrring war eine falsche Fährte. Kommissar Peters hat ihn inzwischen zurückgegeben. Frau Toben war heilfroh, weil es sich um ein superteures Designerstück handelt. Sie hatte es rein zufällig vor dem Proberaum verloren, in dem später das Feuer ausbrach.«

»So klärt sich zum Schluss alles auf.« Zufrieden biss Marie in ihren Muffin.

»Und was passiert mit dem Camp?«, fragte Franzi. »Wenn es geschlossen wird, hätte Bob sein Ziel doch noch erreicht.«

»Keine Sorge«, nuschelte Marie mit vollem Mund. Sie kaute eifrig und schluckte den Bissen hinunter. »Nick hat mir erzählt, dass die Geldgeber der Stiftung das Camp erhalten wollen. Es soll in Zukunft von wechselnden Musikern geleitet werden. Für den nächsten Sommer haben sie Nick gefragt. Und er hat Ja gesagt!«

»Super!« Kim lächelte. »Eine gute Entscheidung. Nick wird das *Rock Camp* ordentlich aufmischen.«

»Nur eins ist schade«, sagte Marie bekümmert. »Dass niemand von uns auf dem *Summer-Rock-Festival* auftreten wird.«

»Was soll's.« Kim zuckte mit den Schultern. »Ich hab mir sowieso keine Hoffnungen gemacht.«

»Außerdem hat Alissa absolut verdient gewonnen«, stellte Franzi fest. »Sie war einfach super.«

»Ja, das stimmt allerdings«, gab Marie zu.

Franzis Handy piepste. Sie warf einen Blick aufs Display und lächelte. »Eine SMS von Tom!«

»Ich find's immer noch ein starkes Stück, dass du uns deine Bekanntschaft mit Tom verschwiegen hast«, zog Marie Franzi auf. »Da lernst du einen echten Superstar kennen und sagst deinen zwei besten Freundinnen kein Sterbenswort.«

»Ich wusste doch nicht, dass er ein Superstar ist«, verteidigte sich Franzi. »Außerdem waren wir so mit dem Fall beschäftigt, dass ich keine Zeit hatte, von Tom zu erzählen …« Sie öffnete die Nachricht und begann zu lesen.
»Was schreibt er denn?«, fragte Kim neugierig.
Franzi wurde rot. »Dass er mich jetzt schon vermisst und sich auf unser nächstes Wiedersehen freut.«
»Wie romantisch!« Marie seufzte. »Ich wünschte, ich hätte auch jemanden, der mir so süße SMS schickt.«
»Du findest schon noch deinen Traumprinzen«, sagte Kim tröstend. »Und bis dahin hast du ja immer noch uns.«
»Genau.« Franzi nickte. »Und solange wir den Detektivclub haben, wird uns garantiert nicht langweilig. Der nächste Fall kommt bestimmt.«
Kim sprang auf und streckte den Arm aus. Die anderen erhoben sich ebenfalls und alle drei legten die Hände übereinander.
»Die drei !!!«, sagten Kim, Franzi und Marie feierlich im Chor.
Kim sagte: »Eins!«, Marie »Zwei!« und Franzi »Drei!«.
Zum Schluss hoben sie gleichzeitig die Hände und riefen: »Power!!!«

!!!

EIN GEFÄHRLICHER URLAUB FÜR DIE DREI !!!

Maja von Vogel
DIE DREI !!!:
VIP-ALARM
Taschenbuch
144 Seiten
ISBN 978-3-551-31906-7

ENDLICH FERIEN! Die drei !!! freuen sich riesig auf ihren Urlaub an der französischen Riviera. Doch als aus ihrem Hotel plötzlich eine geheimnisvoll verschleierte Frau verschwindet, ist von Erholung keine Rede mehr. Natürlich nehmen Kim, Franzi und Marie sofort die Ermittlungen auf – und begeben sich dabei mehr als einmal in Gefahr. Ob sie auch diesen kniffeligen Fall lösen können?

WWW.CARLSEN.DE

CARLSEN

!!!